夏晓虹著作系列

夏晓虹 著

诗 界 十 记

北京大学出版社
PEKING UNIVERSITY PRESS

图书在版编目（CIP）数据

诗界十记 / 夏晓虹著. —北京：北京大学出版社，2019.9
（夏晓虹著作系列）
ISBN 978-7-301-30716-8

Ⅰ.①诗… Ⅱ.①夏… Ⅲ.①诗歌研究–中国–近代 Ⅳ.①I207.2

中国版本图书馆CIP数据核字（2019）第191235号

书　　名	诗界十记 SHI JIE SHI JI
著作责任者	夏晓虹　著
责任编辑	延城城
标准书号	ISBN 978-7-301-30716-8
出版发行	北京大学出版社
地　　址	北京市海淀区成府路205号　100871
网　　址	http://www.pup.cn　　新浪微博：@北京大学出版社
电子信箱	pkuwsz@126.com
电　　话	邮购部 010-62752015　发行部 010-62750672 编辑部 010-62750577
印刷者	涿州市星河印刷有限公司
经销者	新华书店 650毫米×980毫米　32开本　6.75印张　107千字 2019年9月第1版　2019年9月第1次印刷
定　　价	58.00元

未经许可，不得以任何方式复制或抄袭本书之部分或全部内容。
版权所有，侵权必究
举报电话：010-62752024　电子信箱：fd@pup.pku.edu.cn
图书如有印装质量问题，请与出版部联系，电话：010-62756370

目 录

小引 / 陈平原 001

新世瑰奇异境生
——新题诗之一 001

"今别离"与"新相思"
——新题诗之二 010

奇思妙想"新游仙"
——新题诗之三 019

一喜一悲人力车
——新题诗之四 032

社会百象存真影
——近代竹枝词之一 042

吟到中华以外天
　　——近代竹枝词之二 052

更搜欧亚造新声
　　——近代诗歌中的"新语句"......062

（附）熟读唐诗三百首
　　——《樊川诗集注》作法别解 075

须从旧锦翻新样
　　——近代诗歌中的"新意境"......084

"娶妻须娶……，嫁夫当嫁"
　　——近代诗歌中的男人与女人 098

是真名士自风流
　　——同光体诗社与南社 114

（附）东山雅会让脂粉
　　——《红楼梦》与清代女子诗社 127

写给别人还是写给自己
　　——读几部近代人物日记 136

[附编] 日本诗纪

《芝山一笑》......149

《绘岛唱和》......162

军歌与国运 172

日本汉诗中的甲午战争 186

（附）囚徒呓语还是战略目标 198

后 记 203

[补记] 205

小 引

陈平原

"人无癖不可与交，以其无深情也；人无疵不可与交，以其无真气也。"这话是明人张岱说的。夏君有癖有疵，大概可免此讥。自称平生三大嗜好：集邮、旅游、看电影。因嗜而成癖，因癖而成疵，人讥人笑，我行我素。弄邮票时之严肃认真，跑山川时之吃苦耐劳，观电影时之废寝忘食，如此神态如此风采，皆为平日做学问时所罕见。只是不想加入影评协会，也不读集邮手册，唯一未能免俗的是喜欢翻翻名胜辞典，走一处圈一处，好端端一部辞典涂得花花绿绿的。

夏君从来不是好学生，倒不是因为头上长角身上长刺，或者特别富于反叛精神，而是以其智商，应付功课绰绰有余，可也就到此为止，不求百尺竿头更进一步，常令伯乐们大失所望。可谓深得北京文化精髓：闲适加懒散。能卧不坐，能坐不站。说不上憎恶功名利禄，也谈不上道家风骨，只是不愿意活得太累，开口"悠着点"。

看过电影喜欢讲故事，旅游（乃至上街）归来喜欢讲见闻，这或许是女性的"通病"。只是在夏君口中，电影里的故事成了片断，旅途中的见闻全是细节。对各种小情趣记得特别牢，观察也特别细致，常有出人意外的妙论。可就是不同故事经常串味，而且苏联电影主人公永远是瓦西里和卡佳，法国电影故事则老发生在里昂和巴黎。你要是再三追问，她干脆用字母来代替。在她看来，这一切全是虚幻的，值得记忆的不就是那么一个奇特的神情和那么几句隽永的对话吗？说的也是，这世界本来就没那么多完整的故事。

并非倚马立就的才女，常有才思枯竭的时候，可夏君写文章还是从不拟提纲，连题目也不先定一个。有了大致的范围和朦胧的想法，提笔就写；实在写不下去，随手丢开，一搁一年数月，有兴致时捡起来接着写；当然也不乏"含冤埋恨"，再也不见天日者。写顺手了，则一气呵成，得意处半夜里会把你拉起来听她念文章。你还没听明白，她已经为自己文中的趣事妙论乐得合不拢嘴。

写专业著作《觉世与传世——梁启超的文学道路》时，夏君正襟危坐，一脸浩然正气。朋友家人轻易不敢惊动她，免得写不出来埋怨你打断她的思路。写这本学术小品集则潇洒得多了，不时还有打趣神聊的雅致，嘴角常挂着一丝狡黠的微笑，像是个随时准备弄点小恶作剧的调皮学生。文章孰高孰低，非我所敢斗胆评说；只是觉得她写学术小品时，心境出奇地平静，兴致格外高，文字似乎也显得流走秀逸些。

也许，就其立身处世、治学为文，夏君更近于疏淡闲散的小品，而远于庄重厚实的专著。

为自己妻子的书作序，无论如何是吃力不讨好的。说低了妻子自然不饶，说高了世人恐怕也不依。好在我不想品评文章高低，只是就我所知，为作者勾一幅漫画像。无意于提供"阅读指南"；再说"知人论文"据说也已经过时了。这里，只不过为一本闲书添一篇闲文，此外，别无深意。

1988年8月于北大

新世瑰奇异境生
——新题诗之一

今日已经司空见惯的"楼上楼下,电灯电话",在近代中国曾经引起怎样的惊异!

西风东渐,不仅为清代宫廷增添了自鸣钟、八音盒一类的小玩意儿,为中国社会带来了鸦片烟的毒害,而且使中国人从实物上领略了西方科技的进步。"声光化电"不只是科学学说,它还以电话、电灯、火车、轮船等具体形态展现在人们面前。

新事物的奇妙、匪夷所思所带来的一种从未体验过的新鲜感与兴奋感,也撩拨着中国文人的诗思。在传统诗歌的风花雪月、亭台楼阁之外,诗人们忽然又发现了一片可供歌吟的新天地。于是乎,以新事物为表现对象的新题诗应运而生。

整个过程与日本明治开化期的情况很相似。明治维新后的日本,一度出现过崇拜欧美文明的狂潮,其起因也在新事物的输入:

洋房、西菜、洋服、西学、马车、火车,电线、电灯,欧美事物,陆续输来;弃故喜新、惊奇好异之人心,遂滔滔汩汩,若决江河,尽随欧化而去。(罗普译《日本维新三十年史》第十二编《风俗史》)

当时,这些西洋货是作为"文明开化"的物质表征而大受欢迎的。

物质文明兴盛,必然要求在精神文明的产物——诗歌中获得一席之地。传统和歌的四季、别离、恋情等题材,已不能满足诗人们的表现欲望。他们把目光转向尚未进入和歌领域的西洋事物,从中发掘诗情。开化新题歌便在这种背景下流行开来。

据彭恩华先生的《日本和歌史》,"新题歌集有佐佐木弘纲编的《开化类题歌集》,堪称代表作的有大久保忠保编的《开化新题歌集》,初编成于明治十年(1877),收录新题157个;二编刊行于明治十三年(1880),收录新题177个;

三编出版于明治十七年（1884），歌题数增加到221个"。日本社会的进步迅速，于此可见一斑。在开化新题歌创作的热潮中，为了满足社会上普遍强烈的学习欲望，还出现了专门传授新题歌作法的书籍，如《开化新题和歌梯》《新题咏歌捷径》等。从歌咏电报、报纸、煤气灯、国际条约等新事物中，诗人们得到了无限的乐趣。

新事物传到中国，中国旧诗人也偶有以之入诗者。如曾纪泽有《火轮船》一诗：

湿雾浓烟障碧空，奔鲸破浪不乘风。

万钧金铁双轮里，千里江山一瞬中。

岛屿羁氓成仆隶，梯航奇局辟鸿蒙。

中原指顾歼群盗，借汝扬声东海东。

诗作纯然是旧格调，仅只换了个新诗题。所咏火轮船很可能即为其父曾国藩与李鸿章创办的江南制造局1868年造出的第一条轮船"恬吉"号，因而此诗也大得曾国藩的赞赏，评为"有轩昂跌宕之致"。不管怎么说，新诗题还是带来了一些新气息。

而大批近代文明新事物涌入诗坛，则要归功于旅行异域的诗人们。他们得天独厚，见多识广，在写作新题诗上，具有无可置疑的优越性。

以"吟到中华以外天"自负的黄遵宪，在1877—1882年担任驻日参赞期间，即写成《日本杂事诗》初稿，日人源桂阁还特意为之建诗冢留念。诗稿"上之译署，译署以同文馆聚珍板行之"（黄遵宪《日本杂事诗·跋》），借官方途径介绍了日本国情。黄遵宪后来又作了较大修改，从初版的一百五十四首诗增至二百首，表现了对此书的自珍自重。诗中所述明治维新后的新事物、新现象，如警察、医院、博物馆、报纸、学校、博览会等，给中国读者留下了尤为鲜明深刻的印象。录咏消防局救火一诗以为例：

照海红光烛四围，弥天白雨挟龙飞。
才惊警枕钟声到，已报驰车救火归。

注云："常患火灾，近用西法，设消防局，专司救火。火作，即敲钟传警，以钟声点数，定街道方向。车如游龙，毂击驰集。有革条以引汲，有木梯以振难。此外则陈畚者、负罂者、毁墙者，皆一呼四集，顷刻毕事。"诗不见得好，却抓住了新事物的新异特点，突出刻画，尽力渲染，并以注文详加说明，使未出国门的中国人也如亲临其境，亲睹其物。

1890—1891年，黄遵宪又在伦敦作《今别离》四首。第一首咏火车、轮船，把古别离与今别离作了一番对比：古代的舟、车只载一二人，行止自由；现代的火车和轮船则必须准时开出，速度又快，不容许长久话别、依依瞻望。诗人虽然不能从中吟味"执手相看泪眼，竟无语凝噎"（柳永）、"孤帆远影碧空尽"（李白）的幽情，却可以想象去得快也回来得快，因而祝愿："所愿君归时，快乘轻气球。"

其实，轻气球这玩意儿黄遵宪1870年过香港即已见过，诗集中还留下了"御气毯千尺"（《香港感怀》其八）的诗句。至于他是否亲身一试，则不得而知。而两年前到达欧洲的王韬，在赞叹英人"制造精奇"时，已先讲到气球"上可凌空"，故有"察物""救人""观山"等种种功用（《漫游随录》）。数年后，轻气球也飘洋过海，运到国内。1887年傅云龙参观天津武备学堂，就见到了该学堂新购置的大气球，以机器充气，可坐十人（见《游历日本图经余纪》）。武备学堂配备轻气球，是因为它可用于军事行动。最有名的例子恐怕是1870年普法战争中，法国临时国防政府的内政大臣甘必大乘气球离开被普鲁士军队包围的巴黎，越过战线，发动未被占领地区的人民起来保卫祖国。王韬的《普法战纪》对此事有记述,甘必大的壮举在中国遂广为人知。这也使中国人对轻气球兴趣浓厚。

除上述多种用途外,轻气球也可用于娱乐、游览。1905年康有为去法国,在巴黎登过铁塔、参观过蜡像馆后,就又过了一下乘气球升空的瘾。其《法兰西游记》作了描述:"球大五六丈,内实空气,系绳无数,以悬藤筐。筐以架轧成,中空而周阑广六七尺,可座数人。""是日登球至二千尺,飘然御风而行。天朗气清,可以四望。俯瞰巴黎,红楼绿野如画,山岭如陵,车马如蚁。下界腥膻,真不复思人世,盖羽化登仙矣。"并遐想:"他日制作日精,日往来天空,必用此物。今飞船已盛行于美,又觉汽船为钝物矣。"十五年前令黄遵宪惊叹的轮船,康有为已觉其过时,科技进步得真是快。

既有升空飞行的奇特经历,记之以文兴犹未尽,还须咏之以诗,方显出中国文人的雅兴。康有为于是又作了一首《巴黎登汽球歌》。诗太长,不能具录,录其结尾一段:

问我何能上虚空?汽球之制天无功。
汽球圜圆十余丈,中实轻气能御风。

藤筐八尺悬球下，圆周有阑空其中。

长绳絙地贯筐内，绳放球起渐渐上苍穹。

长绳一割随风荡，飘飘碧落游无穷。

吾后登者球堕地，诸客骨折心忡忡。

吾女同璧后来游，球不复用天难通。

我幸得时一升天，天上旧梦犹迷蒙。

羽化登仙的感觉虽然不错，却也要冒相当大的风险。康有为乘气球后数日，其女康同璧也想一试，不料因气球失控，坠地伤人，此项游乐已取消。康同璧的"上天无路"，更使康有为庆幸自己未失良机。

游历域外的外交使节和流亡政治家等，固然容易将"古人未有之物、未辟之境，耳目所历，皆笔而书之"（黄遵宪《人境庐诗草·自序》），所谓"新世瑰奇异境生，更搜欧亚造新声"（康有为《与菽园论诗兼寄任公、孺博、曼宣》其二）；而滞身国内的人士，也并非完全与新事物隔绝。随着近代企业在中国的兴起，与外界接触日多，国内人士也陆续见到和享用各种西方文明的物质结晶，并大量形诸诗歌。

《忘山庐日记》的作者孙宝瑄算得上晚清知识分子中的开明有识之士，日记中不但逐日记述了他学习西学的新得，而且颇多诗作。戊戌（1898年）正月初二、初三两日，他就作了四首新题诗，咏留声机、照相机、电灯和自来水。《照像器》一诗云：

> 微尘色相镜中虚，烛见须眉画不如。
> 天为幻生留幻影，不随面皱变纡徐。

1906年再作《映相术》，云：

> 清影可怜甚，依稀即是君。
> 此影无灭时，化作千百身。

前诗注意的是留影历时不变，后诗着眼的是照片可不断翻印，每次写来都有新意。

　　西洋新事物不仅为孙宝瑄辈提供了新诗材，而且为他们的吟咏活动提供了先进的技术手段。古代人有得意之作，住得相近，还可以走过去谈论一番，所谓"好句无人堪共咏，冲泥蹋水就君来"（白居易）；若分隔两地，便须随信寄去，这就是杜甫说的"题诗得秀句，札翰时相投"，或者索性以诗代书，因为"两传千里意，书札不如诗"（刘禹锡）；倘使连信也寄不到，就只能期之以"何时一樽酒，重与细论文"（杜甫）了。而孙宝瑄与人谈诗，气象比古人大不相同。他家中安装了电话，不必辛苦出门，即可将得意之作念与知音听。日记中屡有"与邵二我电机中谭诗"之类的记载，其《映相术》诗便是如此传布出去的。谈到得意处，在享受现代文明的同时，他也从这种新的谈诗方式中得到了极大乐趣，因成《与二我电机谭诗》一首：

白云入我袖，山鸟集其掌。
妙语空中闻，精神自来往。

电话谈诗本身也作为新事物，成了文明进化的标志。

不过，照我想来，电话中交流诗作固然直接便当，诗作却只能是绝句一类。若是长篇，再加上语言典雅，用事过多，交谈双方都会失去兴趣。当然，古代打油诗、现代白话诗除外。旧诗格律与现代文明的矛盾，在此也显现出来。看来，要使电话谈诗任意、尽兴，也要求诗体、诗歌语言的解放。这是再明白不过的了。只是，这话扯得有点远了。

"今别离"与"新相思"
——新题诗之二

大批新事物涌入近代诗,也为古老的别离相思之情提供了"现代化"的表达手段。把民间情歌的形式与歌咏新事物、新知识的题材合在一起,在诗坛上便诞生了文人写作的拟情歌体新题诗。

首开风气的是黄遵宪。尽管在日本时,他写过《日本杂事诗》这样味道不纯的"竹枝词",而到英国后,却又写出了《今别离》这样风味醇正的新民歌。这得感谢乡土文化的熏陶。黄遵宪在伦敦使馆中,曾怀着深深的乡情,追继《子夜歌》《读曲歌》遗风,忆写出一组家乡的《山歌》。那"催人出门鸡乱啼,送人离别水东西。挽水西流想无法,从今不养五更鸡"的嘉应州民歌,也催生出了被陈三立誉为"以至思而抒通情,以新事而合旧格,质古渊茂,隐恻缠绵,盖辟古人未曾有之境,为今人不可少之诗"的《今别离》四首。

恋情本是民歌不可或缺的永恒主题,《今别离》确乎得其真传,四首诗都是借男女相思咏唱新事物,写到的有火车轮船、电报、照片、东西半球昼夜相反的现象。语言浅白流畅,以回环往复的形式,反复诉说缠绵不尽的情思。如第二首咏电报:

朝寄平安语,暮寄相思字,
驰书迅已极,云是君所寄。
既非君手书,又无君默记,
虽署花字名,知谁箝纸尾?
寻常并坐语,未遽悉心事;
况经三四译,岂能达人意!
只有班班墨,颇似临行泪。
门前两行树,离离到天际。
中央亦有丝,有丝两头系。
如何君寄书,断续不时至?
每日百须臾,书到时有几?
一息不相闻,使我容颜悴。

安得如电光，一闪至君旁？

为了更具民歌情调，诗中不仅多用譬喻，如以"临行泪"比电文的"班班墨"；而且其中描写电线的两句诗"中央亦有丝，有丝两头系"，更直接借用了民歌中常见的双关谐声手法，使人记起诸如"春蚕不应老，昼夜常怀丝。何惜微躯尽，缠绵自有时"（南朝乐府《作蚕丝》）、"妹相思，妹有真心弟也知。蜘蛛结网三江口，水推不断是真丝"（李调元《粤风》卷一）一类的民歌。

经过梁启超在《新民丛报》上刊出的《饮冰室诗话》大力表彰，引陈三立语"推为千年绝作"，此诗遂不胫而走，吸引了众多才思、趣好相近的新诗人。曹昌麟即写成《今别离》四章，学黄诗很到家，被梁启超评为"理想、气格，俨然人境也"（《饮冰室诗话》）。该诗以相思之情，分咏蜡人、水蒸为雨、地球的自转与月球的绕地球转动以及报纸，构思亦颇新颖。如第二首，女主人公的丈夫很可能去了美国，害得她在家整日痛苦相思：

忆君临别时，言驾沧海航，
海水深难测，不及离情长。

闻君惜分手，念妾心神伤，
望洋每兴叹，涕泗常淋浪。
妾自君之出，懒起梳新妆，
门前祓除水，来自大西洋。
此水不可盥，中有泪双行，
妾泪与君俱，流入洋中央。
燠日蒸为雨，滴到君衣裳，
相思泪合并，两地徒凄凉。
安得铁线桥，万里成津梁？

气流循环，雨水是由地面（其中很大一部分是大洋）水蒸发到空中，遇雨凝聚成雨云而形成，这还是中国人不久前获得的新知识，也成了诗人的新诗材。据说，曹昌麟于诗成后，曾送请陈三立指点。陈三立太古板，竟说："绝作不可再有，虽工亦可不存。"曹昌麟也太虚心，径自将诗稿毁弃。拟作固然减损或者限制了诗人的创造性，却也并非要不得。能别出心裁当然好，否则，旧瓶新酒也很可取，因为在一个新事物大量传入的时代，这类诗毕竟还提供了新东西。

"五四"时期著名的白话诗人刘大白，年轻时也喜好黄遵宪的《今别离》，仿作《新相思》二首。第一首以一位旅行异域的男子口吻，叙述他梦见相爱女子"姗姗来我前"，问她是否乘现代化交通工具汽船、火车、轻气球而来，惊醒却见"月明犹在天"。其二写醒后情景：

月明犹在天，相思何由传？
欲倩寄书邮，道远愁迁延。
欲借电文报，文促意未宣。
不如德律风，万柱钧铁弦；
语出侬口中，声达卿耳边；
口耳远相接，情话如一麈。
语卿梦中事，知卿还未眠。
此夜彼为昼，星球方左旋；
相思幻成梦，足征侬心坚。

诗人把电报、电话（即德律风）、东西半球昼夜相反数种新事物编排在一首诗中，不同于《今别离》的一诗咏一事，又将言情者身份由女变成男，这些都是刘大白的翻新处。不过，还得承认，《今别离》的基本写法并未改变。

取《今别离》以男女相思咏域外新事之神而变更其古

风体,则出现了以五绝形式写出的雪如的《新无题》。这类诗的风格更明快,如:

> 太阳与地隔,念七千万程。
> 不因相吸力,那得爱潮生?
> 侬与郎相欢,辟如地与月。
> 时时绕郎行,掩蔽有圆阙。

> 朝朝电讯通,万里亦何有。
> 恨是郎语言,不是郎声口。

> 客从郎所来,遗我留声器。
> 是郎旧时声,非郎今时意。

新学理的发明,新事物的出现,大大激发、丰富了诗人的想象力。太阳与地球间因吸引力而造成的种种物象,也成了诗人言情的好借口。地球虽远隔太阳一亿四千多万公里,即诗中所言"念七千万程",却不能脱离太阳自由运行,这使诗人联想到男女之间割舍不下的恋情;而由太阳、月球的吸引力所产生的潮汐现象,也被拟想为激荡的爱情萌生。这些诗还是以传播新知识为目的,所以作者的写作态度严肃、认真,必据科学知识而作。

这种《新无题》诗再加变形,或曰学歪了,便出现了被钱仲联先生称之为"新体艳诗"的一类作品。钱先生推溯其源,指认其为"人境庐之流亚"(《梦苕庵诗话》),也有道理。不过,与黄遵宪的《今别离》相比,这类诗作可谓得其形而遗其神了。试读两首:

挂起百叶窗,窗外月如水。
月下倚欢肩,泥读新闻纸。

饮欢加非茶,忘却调牛乳。
牛乳如欢甜,加非似侬苦。

作诗的人显然是嫌中国古代民歌中"黄檗向春生,苦心随日长"(《子夜四时歌·春歌》)的比喻太陈旧,要玩点新花样,便以咖啡代黄檗,为本应土气十足的拟民歌平空添上"洋味"。

南社诗人王葆桢所作的《子夜歌海上楼外楼作》也与之相仿,只是由于诗人把景物描写集中于上海楼外楼一地，倒也别具一格。第一首咏电梯：

怕损鸳鸯履，随欢躐电梯；
凌虚却小胆，素手索欢携。

表现初乘电梯的感觉相当准确、细致。第四首咏哈哈镜：

小立哈哈亭，镜中看欢面；
欢面有时改，侬心还未变。

则与咖啡、牛乳的比喻同一套数，是把南朝《子夜歌》中的"侬作北辰星，千年无转移；欢行白日心，朝东暮还西""洋化"而成。联系到上海特殊的社会环境，说破了，就是妓女与嫖客同逛游乐园，诗句却也还算贴切。当然，拆穿西洋景，如此坐实，总有点倒人胃口。

这些诗与黄遵宪等人诗作的区别也很明显：《今别离》等诗借男女之情咏域外之事的基本格式，在新体艳诗中便颠倒过来，成了以域外之事抒男女之情。作者关心的只是诗歌是否能写出浓情密意，至于百叶窗、新闻纸、电梯、哈哈镜之类，不过是些小摆设，增加点新鲜感与新气氛而已。这也是晚清诗坛上的一种新现象。

直到三十年代，从《今别离》派生出来的新体艳诗还余音袅袅，不绝如缕。《梦苕庵诗话》中录《青鹤杂志》载谭泽闿《拟子夜歌》八首，咏跳舞、电话、游泳池、有声电影、留声机等，已颇伤恶俗，流入油滑一路，连先前诗作的纯真也失去了。如咏模特一首：

  欢怜通体娇，为欢缓结束。
  恣欢写真态，寸寸在欢目。

简直是亵渎艺术！诗中既无民歌的天籁之声，作者也意不在传扬新事物，只是换个法子写艳情，可谓效人境庐体而走火入魔。

（原刊《读书》1989年第3期）

奇思妙想"新游仙"
——新题诗之三

"游仙诗"之名一出现,便以描述仙境为正格,用唐人李善的话来说:

凡游仙之篇,皆所以滓秽尘网,锱铢缨绂,餐霞倒景,饵玉玄都。(《文选》注)

把天上写得美过人间,把世外写得高于尘世,可以说是一切游仙诗的旨归。而诗人怀抱出世之想,大都有看破红尘的一段隐衷,在游仙诗中,便很容易掺杂进对浊世的愤慨与对隐逸的向往。最早的游仙诗大家郭璞即是如此,因而被钟嵘严厉批评为"词多慷慨,乖远玄宗","乃是坎壈咏怀,非列仙之趣也"(《诗品》中)。尽管后人对此非难多不以为然，却也并不否定游仙诗的远世情、说仙事。

晚清的游仙诗中仍不乏此类遨游仙境、高蹈遗世之作，用以驰骋诗人的想象力，使心智纵放于自由无垠的空间。如胡先骕有《游仙廿绝》，序云：因读清人厉鹗的游仙诗，"羡其清芬绵丽，拟步原韵一一和作"，后以人事倥偬，仅成二十绝。不妨录一首读读：

十里晴霞鹤背生，翩跹最好御风行。
翱翔三界不知路，到了青城又赤城。

胡先骕身在美国，仍以"樊榭原作，遗置燕京"，未能完成和韵之作为憾，可见游仙诗"精骛八极，神游万仞"的魅力之大。

这类诗代有作者，所争只在可诵可传与否，不必多说。倒是从借游仙以咏怀一路发展而来，出现了借游仙写时事之作，还颇有新意。

近人张鸿有《游仙》组诗，专咏甲午中日战争事。第一首作：

淮南霞举上琼霄，月珮星冠拥侍僚。

飞剑斩蛟江左重，吹箫引凤大郎娇。

朝朝靧面红桃雪，夜夜归心碧树潮。

莫说神州多弱水，跨麟乘鹤自逍遥。

表面上讲的是汉代淮南王刘安得道飞升的故事，实际上句句关合着李鸿章。李鸿章靠组练淮军起家，"飞剑"句即写其因镇压太平天国起义而成为朝廷重臣。其子李经方随父历练多年，担任过驻日公使，"曾纳日妇，时论谓经方为日本驸马"（钱仲联《梦苕庵诗话》），故诗中用萧史、弄玉"吹箫引凤"之典比之。李鸿章一力主和及签订《马关条约》，国中议论多归因此事，谓其故意卖国。最后两句诗语带讥讽，所指也正是这件事。晚清政治腐败，国势阽危，诗人被沉重的忧患意识重压着，即使写"游仙"这类最虚无缥缈的诗题，也摆脱不了现实的阴影，处处透出诗人的一腔激愤。

由于讽喻时事之心太切，使得这些游仙诗作者与传统游仙诗人有明显区别：他们并没有哪怕是暂时神游太虚幻境的经历，而是始终寸步未离人间现实。可以想知，这种游仙诗不会给作者本人带来解脱形骸、纵浪天地的愉悦。这些诗对于传统游仙诗来说，可以称之为出新，更准确地说，则是一种变体。

于是，继承了游仙诗的本质精神而又有时代特征的，便要数及晚清诗坛上昙花一现的"新游仙诗"了。这类游仙诗以异国风光、海外新事物为歌咏对象，虽然很快事过境迁，文学史家也未加留意，却是"惊鸿照影"，自有其值得一提的价值。

打破了闭关自守的状态，中国人开始走向世界，所见、所闻、所历的一切，都是完全陌生的。古代人很少有机会旅行异域，要幻想一个与自己生活的国度不同的世界，只有作"上穷碧落下黄泉"式的精神漫游。而近代中国人走出国门的与日俱增，不必借助想象，只凭实地感受，便可在异地风土人情中，领略到古人身入仙境的幻觉。"东方朔《十洲记》谓诸洲大都仙家所居。今支那人之望海外文明国，不异神仙，即谓为其地皆仙家所居，无不可也。"（孙宝瑄《忘山庐日记》）这正是晚清人的典型说法。与西方文化背景、历史传统甚至人种、语言的巨大差异，使游历欧美的中国人不难产生游仙之感。而日本古称"扶桑"，又有徐福托言海上有三神山，率童男女数千入海求仙，留居日本的传说烘托、渲染，更为日本罩上一层扑朔迷离的神奇色彩。旅居日本不啻做客仙家，这种想头在清政府派出的第一任驻日公使何如璋及参赞黄遵宪的诗中已有表露。何诗兴奋的是"缥缈仙山路竟通，停舟未信引回风"(《使东杂咏》)；黄诗得意的是"古称海上蓬莱、方壶、圆峤可望不可即，我曰其然岂其然"(《宫本鸭北索题晃山图……》)。名重东瀛的王韬，自称"余少时即有海上三神山之想"，日友邀其东游，"聆之跃跃心动，神已飞于方壶、圆峤间矣"(《扶桑游记·自序》)；在日期间，他以"蓬莱已到尚思家，采药不归有王子"(《招沈梅史、陈访仲、王漆园、琴仙昆仲小集长门酒楼……》)引为荣耀；访游四月，临别作歌，又庆幸于"瀛洲缥缈神仙居，百日因缘亦足喜"(《成斋编修集诸同人大张祖席于中村楼……》)。诸人诗作中，一种有缘入仙山的自得之情溢于言表。

中日一衣带水，交通尚属便利。晚清无论为着何种目的出国的人，难得一至欧美，却大多到过日本。有道是"不如濯足扶桑去，聊作人间汗漫游"(姚鹏图《扶桑百八吟》)。到日本"游仙"的捷径一开，便有了孔昭绶的《东游仙诗留别邦人诸友》一类的诗章。题目已写得很明白，第一首诗所咏也全然一派日本本地风光：

江川桥畔雨如烟，久世山头水接天。

上巳端阳都过了，鸺鹠听罢又啼鹃。

其中并无仙家语，套用"直把杭州作汴州"的说法，诗人真正是"直把东瀛作瀛洲"了。

孔昭绶的游仙诗未免太著实，不够空灵，幸好有可以归入新题诗之列的"新游仙诗"来弥补这个缺憾。

高燮（时若）说得明白：昔人所作游仙诗，尽管不乏"抽思绵渺，掷笔芬芳"的佳作，"余每爱读之，以为此亦足以铲除钝根，而解杞忧之郁结也。然此皆为旧思想，而非新思想；皆为虚诞思想，而非真实思想。因作《新游仙诗》数章，而纬以今事焉"。(《新游仙诗》序)新游仙诗人虽强调"真实"，却是把地上已有的新事搬到天上演出，列仙飘忽游行其间，所写仍俨然为一神仙世界。不过，那意境确实亘古未有。

要上天入地、登临仙境，已不必像古人那样服食仙药、修炼成仙，而有新式的交通工具可资使用。诗人可以乘气球：

乘球御气破空翔，任意飞腾到上方。
三十三天游历遍，玉皇更诏许通商。

（时若）

也可以乘潜艇：

龙宫夜下水晶帘，宴罢群妃拥被眠。
报道一船来海底，梦中叱起怒流涎。

（时若）

仙人出游互访，也不必再腾云驾雾、跨鹤驭龙。洛神出水，已有游艇代步：

休言一步一莲花，洛女凌波貌绝佳。
着得一双弓样袜，踏来水面自由车。

（楚北迷新子）

周穆王西征见西王母，不驾八骏而乘火车，所谓"侍女一声齐报道，穆王今坐汽车来"（楚北迷新子）。西王母灵山归去，也要"吩咐阿香御电车"（王德钟）。如此场景，古代游仙诗人自然是无法梦及的。

造访仙家，则无须"转教小玉报双成"那般费事，而另有新法：

玉女帘间初理妆，几回延伫立云廊。

金红名刺长三寸，付与青衣郭密香。

（王德钟）

一纸名片递入，身份明了，仙门即可洞开，岂不便当！

仙家留客，所饮琼浆玉液验明是葡萄酒，所食珍馐美味证实为西餐大菜，那吃法也很特别：

凤脯麟脂积满盘，葡萄美酒醉人难。

忙呼小玉铺台面，安置刀叉吃大餐。

（楚北迷新子）

只是取代筷子的刀叉，恐怕要搞得初食者手忙脚乱一阵。

仙家动乐，毋庸召集乐队，而自有"曲终人不见"的奇幻效果：

一曲清歌人不见，是谁高唱遏行云？

《霓裳》自入留声器，仙乐风飘处处闻。

（楚北迷新子）

当年唐玄宗游月宫辛苦偷记的《霓裳羽衣曲》，本来是"此曲只应天上有，人间能得几回闻"，不料因留声机的发明而响彻天地，广播人间。看来，现代仙人也不怎么保守。

留声机不仅可用来款客助兴，亦可用来消愁解闷，难怪独居的织女也要备置一台：

《离骚》谱入留声器，持似天孙伴寂寥。

（时若）

现代科技还为分隔在银河两岸、每年只在七夕才可相会的牛郎、织女提供了先进的通讯设施——电话。听罢音乐，织女不用再为"欲将心向仙郎说，借问榆花早晚秋"（唐代曹唐《织女怀牵牛》）而烦恼，完全可以打个电话和牛郎直接对谈，互诉相思。这得感谢天庭近来实行的人道主义：

昨日碧翁新下诏，两边许设德律风。

（楚北迷新子）

而打一次电话花多少钱，那也是有案可稽的：

> 话电飞传绛阙仙，青鸾拼费五铢钱。
> 游丝继续金虫语，人在华胥第几天？
>
> （郁曼陀）

自然，这只是据日本东京的公用电话"每用一次，值五钱"（郁曼陀《东京竹枝词》）推想而来。电信交流甚至沟通了仙、凡两界，就连王母娘娘做寿，"下界新传无线电，也须远达祝良辰"（时若）。电气化的实现更使天界气象一新，有嫦娥的经历为证：

> 昨夜嫦娥偶出游，广寒宫忽暗云浮。
> 电灯高挂明如月，几误归途笑不休。
>
> （时若）

诗人们的大胆想象旨在表述新思想、新事物，因而确如梁启超所说，"可比公度之《今别离》，非直游戏之作而已"（《饮冰室诗话》）。

"新游仙诗"不独有七绝这样的短章，也有长篇之作。如蒋万里写过五古《新游仙》二章，其中题为《水底潜行艇》的一首长达九十六句，题为《空中飞行艇》的一首长达一百句。诗人乘潜艇与飞艇,在海底和天空作汗漫游,极为惬意。在屈原的时代,"朝发轫于苍梧兮,夕余至乎县圃"只能托之空言;而蒋万里说"朝发蒲昌海,夕止扶桑津",则可以是写实。作者坐潜艇"掉入龙王宫","航行遍十洲",坐飞艇"耸身九万里","历遍诸星辰",种种奇观,尽现眼前。在铺叙之余,诗人还有妙语惊人:

新游历几时,沧桑三变更。
蓬莱浅于昔,深谷欲成陵。
手袖旅行册,口吸空气饼。
归来了无恙,一笑天妃惊。

一星一世界,玄黄太初肇。
天河尽星气,世界游难了。
世世有沧桑,界界有烦恼。
太上若忘情,天地同枯槁。

如此神来之笔,却并非言而无据。诗人无恙、沧桑多变的时间反差与天外有天、宇宙无垠的空间意识所形成的巨大张力,不但加强了诗篇迷离神奇的氛围,更重要的是,在相对论产生、天文科学长足发展的年代,古时关于"天上方一日,地下已千年"以及九重天、三十三天的神话传说,也有了验证的可能性。

中国先人冥想中的白日飞升、避水法、顺风耳等,在近代社会一一成为事实,为"新游仙诗"天马行空的联想建立了必要的通道。而把古代神话与现代科技奇妙地混合在一起,虚中有实,实中有虚,虚实相生,则使"新游仙诗"别具一番情趣。不过,它毕竟是特定时代的特殊产物,少了那份天真与热情,见怪不怪如我辈,是写不出这般风味的。

这类诗读几首还觉新鲜有趣,读多了,大同小异,也很无味。幸好近代诗人对"新游仙"的兴趣很快过去,使我们不致大倒胃口。

到了1958年,豪情壮志冲云天的"大跃进歌谣"则一发不可收拾。不是写"社员胜似活神仙""我就是玉皇!我就是龙王""跃进赛过孙悟空",就是写神仙思凡、遵从人类:

月宫装上电话机,嫦娥悄声问织女:
"听说人间大跃进,你可有心下凡去?",

织女含笑把话提:"我和牛郎早商议。

我进纱厂当女工,他去学开拖拉机。"

同样写到电话,近代诗人把仙境当作人间,把地上的事移接到天上;"大跃进歌谣"却把人间当作仙境,把天上的事移接到地上。所以,即使是行云布雨、兴风作浪的龙王,见了公社社员的铁锹头,也要吓得浑身打颤:"就作揖,就许愿:'缴水,缴水,我照办。'"

这些被夸赞为充满"革命浪漫主义"精神的歌谣,魄力不小,可惜劳动神仙太频繁。难怪华君武画了一幅漫画:护士把来访者挡在门外,因为玉皇大帝、嫦娥、孙悟空等众神仙都累病了,住进医院。这是否可以算作破"新游仙诗歌"之老套的"新游仙画"呢?

(原刊《读书》1989年第12期)

一喜一悲人力车
——新题诗之四

当明治三年(1870)高山幸助于日本横滨创制人力车时，他大约没有料到，人力车不仅成为日本"文明开化"重要的物质表征，而且竟与中国文学结下了很深的姻缘。

人力车何时传入中国，笔者未作详细考证，只是据法国梅朋与傅立德的《上海法租界史》得知，1874年，从日本来华的法人梅纳尔首次把人力车这种新式的交通工具引进了上海，从而使法、英租界当局赚了大钱。这个行当在上海迅速发展起来，到1928年，上海的人力车已达三万六千二百八十辆，数目极其可观。

人力车在日本刚出现时，车夫们也颇为神气。候客时，车夫立于车旁，"立帜以招乘客"(《日本维新三十年史》第十二编《风俗史》)；上客后，"以一人挽之，其疾如风，竟能与两马之车争先后。凡牵车者，日能走二三百里，亦绝技也"（黄遵宪《日本杂事诗》）。1877年黄遵宪到日本，见到的还是这一番景象。

被黄遵宪叹为绝技的日行二三百里，是以人力车夫的体力透支为代价的。不过，对于这一点，当时的黄遵宪并未注意，使他大为迷恋的倒是人力车这一新事物的进步性：

> 小车形若箕，体势轻便。上支小帷，亦便卷舒。……日本旧用木轿，以一木横贯轿顶，两人肩而行，轿离地只数寸。乘者盘膝跌坐，四面严关，正如新妇闭置车帷中，使人悒悒。今昔巧拙不侔如此。

在他眼中的人力车，因而充满了美，充满了诗意。

他起初作了一首诗，专赞人力车的迅疾：

> 三面襜帷不合围，双轮捷足去如飞。
> 春风得意看花日，转恨难歌缓缓归。

"春风得意马蹄疾，一日看尽长安花"本来是孟郊中进士后的得意之举，不料被后人以"走马看花"一词歪曲了原意，便如猪八戒吃人参果的不知滋味,同样成为有失大雅之事。黄遵宪倒不乏雅兴,有心于花丛旁流连忘返,细细观赏;谁知人力车不领情,只管飞驶而过,令诗人颇感失去"缓缓归"的乐趣。自然,这是在作文章。作者只是极言车快,并非真个恨难平。否则,既赏花,就不必乘车,尽可步行。

也许是怕有人真的错会其意,埋怨人力车煞风景,于是,1890年在增补修改《日本杂事诗》时,黄遵宪又重写了一首诗以代旧作,成为定稿:

滚滚黄尘掣电过,万车毂击复竿摩。
白藤轿子葱灵闭,尚有人歌踏踏歌。

这一改,对人力车的赞美之意更显豁。刺激人心的风驰电掣、万车争道的壮观景象,正是现代文明来临的典型写照,与旧时白藤轿子的封闭、迟缓不可同日而语。

晚清来到日本的中国人,对人力车大抵都抱着与黄遵宪一样的感情。自称"濯足扶桑客"的一位留日学生,在其1903年刊印的《东洋诗史》中,也以"朱轮脂牵[辇]戈罗妈,彩棍招徕发结床"分写人力车和理发店两桩新事物。所谓"戈罗妈",在黄庆澄1893年所写的《东游日记》中已出现。日记记其从日本京都乘人力车去奈良,注云:"华人所谓'东洋车'也,东语呼曰'戈罗妈'。"人力车红色的车轮,配上油脂润滑的车轴,走起来不仅轻快,而且漂亮。在享用之际,诗人得到的仍是一种愉悦的满足。

人力车输入中国之初,国人对它也颇多好感。1880年由内地四川初到上海的丁治棠,一上岸,便看到"堤上马车、人辇,辘辘往来"的繁华景象,不禁详细记述:

> 人辇名东洋车,铁轮皮几,状如箧,凭坐甚安。两辀前出,首横皮条,一夫以腰受之而行,最爽利。
> (《初度入京记》)

当然,坐者的安逸与车子的轻捷都是与旧式轿子对比的结果。在科技落后的晚清社会,人们首先关注新事物所具有的先进性,这并不足为奇。

当然,由于人力车跑得快,与马车争道,也发生过车祸。这一点,久居上海的人最有感触。因而在珠联璧合山房的《春申浦竹枝词》中,对人力车便表现出颇为复杂的感情:

式仿东洋巧制新，车声辘辘任飞巡。

可怜背挽无多力，为劝游人莫认真。

前两句还是与黄遵宪、丁治棠等人一样，欣赏车子的迅疾；后两句则引发出因快速驰行而产生的不安全感。不过，诗歌主旨还在奉劝坐车人不要逞一时之兴，催促车夫飞跑，以致遭遇不测；而对人力车的"飞巡"，则是作为既定前提，毫无保留地接受下来。

晚清文人从物质文明出发，把目光投向人力车，发现的是科技的进步；而"五四"时期的作家从精神文明着眼，把目光转向人力车夫，发现的却是人性的摧残。其间，写于1910年的《京华慷慨竹枝词》（吾庐孺）已显示出这种转变的先兆。《人力车》一诗云：

短小轻盈制自灵，人人都喜便中乘。

自由平等空谈说，不向身前问弟兄。

在注目于人力车的轻盈灵便之时，诗人也注意到人力车夫的痛苦辛劳。接受西方自由平等的思想之后，尽管还有不自觉的居高临下感流露出来，尽管其视角仍限于乘车人，但是一种新的思路正在形成。

1918年《新青年》杂志上登出的第一批白话诗,便有胡适和沈尹默的两首同题之作《人力车夫》。这两首诗不单在现代白话诗史上堪称开山之作,并且诗中不约而同所表现出来的"共同意识",也与晚清新学之士迥异,非"五四"作家莫属。

胡适的一首像一幕小短剧,以乘车人与拉车人的对话写出:

"车子!车子!"
车来如飞。
客看车夫,忽然中心酸悲。
客问车夫:"你今年几岁?拉车拉了多少时?"
车夫答客:"今年十六,拉过三年车了,你老别多疑。"
客告车夫:"你年纪太小,我不坐你车。我坐你车,我心惨凄。"
车夫告客:"我半日没有生意,我又寒又饥。你老的好心肠,饱不了我的饿肚皮。我年纪小拉车,警察还不管,你老又是谁?"

客人点头上车，说："拉到内务部西！"

诗中直接道出了诗人对人力车夫的深切同情。这种内心的"酸悲""惨凄"，更因为车夫是个十三岁就开始拉车的孩子而更加重。

沈作则纯用白描，突出了严冬的背景渲染：

日光淡淡，白云悠悠，风吹薄冰，河水不流。
出门去，雇人力车。街上行人，往来很多；车马纷纷，不知干些甚么？
人力车上人，个个穿棉衣，个个袖手坐，还觉风吹来，身上冷不过。
车夫单衣已破，他却汗珠儿颗颗往下堕。

在车上与车下一冷一热的对比中，也透露出诗人对人力车夫苦痛的敏锐感应。

此后出现的许多描写人力车夫的诗作，便喜欢以冬天作为特定的场景。如周恩来1920年发表于《觉悟》上的《死人的享福》，就与沈尹默构思相同：车夫穿棉袍太热，"我"坐在车上，穿棉袍却还嫌冷。车夫脱下棉袍放在"我"脚上,"我感谢他爱我,他谢谢我助他便他"。难道这就是"共同生活"吗?作者的回答是否定的:"活人的劳动!死人的享福!"

很显然,这些诗作者与晚清诗人的视点不同,他们不只从乘车人的角度看去,而且从拉车夫的视角去看、去想、去体会,这才有了与晚清诗人截然不同的感受。车子跑得越快,他们的心情越沉重。

就中视角转换最彻底的,可以说是刘半农。他的《车毯》一诗,便标明是"拟车夫语":

天气冷了,拼凑些钱,买了条毛绒毯子。

你看铺在车上多漂亮,鲜红的柳条花,映衬着墨青底子。

老爷们坐车,看这毯子好,亦许多花两三铜子。

有时车儿拉罢汗儿流,北风吹来,冻得要死。

自己想把毯子披一披,却恐身上衣服脏,保了身子,坏了毯子。

这首代车夫说话的诗,细腻地写出了人力车夫的心理活动,给人的感觉更酸楚。

这种新视角、新体验明显是"五四"时期人道主义思潮所带来的。人力车夫的生计一时间成为引人注目的社会问题，报刊上甚至为此展开了热烈的讨论。诸如《人力车问题》（李冰心、朱天一）、《人力车夫生命问题》（疑始）、《我对于改良人力车的意见》（周海之）等文纷纷出现。文学作品更为敏感，这时除诗作外，还有陈锦的《人力车夫》这样直接再现人力车夫生活的剧作，在小说创作中，更产生了鲁迅的《一件小事》、郁达夫的《薄奠》等名篇。到了三十年代，老舍的《骆驼祥子》仍以对人力车夫命运的深刻反映而震撼人心，成为一代名作。尽管这些作品侧重点不同，如鲁迅小说重在表现人力车夫的人格高尚，比其他同类题材之作立意新；但人力车夫已作为劳动者的代表进入文学作品，则是毫无疑问的。

　　人力车夫成为"五四"文学中最重要的劳动人民形象，说起来不乏偶然性。"五四"作家的平民意识使他们以描写下层劳动人民的生活、情感为文学的重大使命，而其生活圈子又先天地限制了他们对广大工农的了解。只有每天出门坐车接触到的人力车夫，才是进入他们生活中，并为作家所熟悉的唯一的劳动者。于是，人力车夫便理所当然地获得了作家的青睐。

虽然如此，偶然性中仍包含着必然性。同是一辆人力车，从先进生产力的象征到劳动者苦难的化身这种文学上的变迁，正好从一个侧面展现了历史前进的轨迹。

（原刊《读书》1989年第9期）

社会百象存真影
——近代竹枝词之一

唐代诗人刘禹锡入蜀,听"里中儿联歌《竹枝》",以其"虽伧儜不可分,而含思宛转,有淇濮之艳",便决意效法屈原的作《九歌》改造湘地民间鄙陋的迎神词,"亦作《竹枝词》九篇",使"后之聆巴歈,知变风之自焉"(《竹枝词·序》)。刘禹锡攀比屈原的自信是有道理的,后代诗人果然不负所望,此歌遂传唱不绝。可以肯定地说,在中国文学史上,还没有哪种民歌形式像《竹枝词》那样曾经拥有过如此之多的作者和作品。刘禹锡也有未言中之处,他的新作一唱开,"竹枝词"便不再囿限于四川一地,不再仅属于"巴歈",而是风行南北,传遍全国。各地都出现了具有本地特色的"竹枝词"。远的不必说,单只清代的北京、上海、天津,便都有大规模的"竹枝词"创作。现已结集出版的《清代北京竹枝词》《上海掌故丛书》《梓里联珠集》等虽搜罗未备，却都借"竹枝词"形式，淋漓尽致地展现了这些大都市的生活风貌。

《竹枝词》以其短小灵便与浓郁的地方色彩，也获得了近代诗家的青睐。久居其地、挚爱故土的人，有"竹枝词"之作；乍履他乡、观感一新的人，也有"竹枝词"之吟。丘逢甲的《台湾竹枝词》四十首即属于前者，梁启超的《台湾竹枝词》十首则属于后者。大变动时代产生的文人大流动，使近代知识分子（非指一般读书人）不必也不可能再皓首穷经、终老一乡。无论是旅行区域之广，还是出游次数之多，古代文人都瞠乎其后，无法与之比肩。见闻既多，诗作亦多。幸运的诗人也把好运带给了"竹枝词"。尽管未能作精确的统计，但肯定晚清"竹枝词"的数量超轶前代、一时称盛，总不会有错。

晚清"开通民智"的启蒙意识深入人心，刘禹锡采集土风、仿制新词的作法也甚为流行。诗人们更自觉地把目光转向民间，从歌咏当地风物及男女爱情中，得到极大的乐趣。你说这是以俗为雅也好，是翻旧为新也好，不过总得承认，他们与前代文人的视点不同。认识到"文学之进化有一大关键，即由古语之文学，变为俗语之文学是也"（梁启超《小说丛话》）的晚清文人，不再企图把俗文学拔高到雅文学的地位，而已能从俗文学本身发现其价值所在。这样来读梁启超"为遗黎写哀"的《台湾竹枝词》，才不致错会其意。

台湾自甲午战败割给日本，到梁启超1911年游台，已沦为殖民地十六年。深重的遗民哀感使其地流传的民歌，尽管仍不脱男女相思之词，却是欢愉之音少，而"恻恻然若不胜《谷风》《小弁》之怨者"（梁启超《台湾竹枝词·序》）满耳皆是。梁启超亲聆其音，感慨良多，因而写下《台湾竹枝词》一组。其中不少诗句直接借用原歌词，第八首更是"全首皆用原文，点窜数字"而成。诗云：

教郎早来郎恰晚，教郎大步郎宽宽。
满拟待郎十年好，五年未满愁心肝。

这种哀怨已极、痛彻心脾的相思，出现在客居日本的梁启超笔下，未始没有思念故国之意。

此类"竹枝词"的近代气息要靠诗人的提示及历史背景的映衬才可感觉到，用梁启超的诗来说，就是"个中甘苦郎细尝"（《台湾竹枝词》其六）。品不出，错当成传统情歌来读，也情有可原。因为近代"竹枝词"的特色不在此，而表现在那些与世推移、另出新意的作品上。"新竹枝词"以反映近代社会特有的种种奇形怪状见长，资本主义生活方式与封建主义顽习的矛盾及奇异混合，在这些诗中真切、敏锐地展现出来。

丘逢甲写《台湾竹枝词》时，虽然才十四岁，但从诗语到思考都已相当成熟。关于这组诗还有一段逸闻：当年，丘逢甲应童子试，获全台第一。因其"年最幼，送卷最早，丁中丞（即福建巡抚丁日昌）特命作《全台竹枝词》百首。日未晚，已成，惊为才子，甚期许，赠'东宁才子'印一方"（丘琮《仓海先生丘公逢甲年谱》）。遗憾的是，这组《台湾竹枝词》因战乱散失，现仅存四十首。即便如此，残留诸篇所描述的一些社会问题，在近代仍具有普遍性。如：

门阑惨绿蜃楼新，道左耶稣最诱民。
七十七堂宣跪拜，痴顽齐礼泰西人。

写的是基督教传教士在台湾建教堂、广收教徒的情况。教会在晚清社会生活中是一股极为特殊的势力。除传教外，洋教士们还在中国出版书刊，开办学校，宣传西学，与中国近代政治、文化的变迁关系极为密切。而对于下层人民来说，入教最实际的好处和最大的吸引力是，可以借洋人的力量对抗官府的压迫，保护自己。于是产生了所谓"吃洋教"的教民。丘逢甲诗中所说的"痴顽"，显然指一般百姓，教会对下层社会的影响之大，在这首诗中也得到证明。

鸦片烟是晚清社会又一个久不愈合的疮口。划分古代中国与近代中国之界的鸦片战争，最直接的起因便是英国的维护鸦片贸易与清政府的禁烟国策尖锐冲突。第二次鸦片战争以后，鸦片进口合法化，烟害遂流毒全国。丘逢甲在《台湾竹枝词》中也痛心地写道：

> 罂粟花开别样鲜，阿芙蓉毒满台天。
> 可怜驵侩皆诗格，耸起一双山字肩。

在毒烟满天的雾瘴与大烟鬼的可怜形象中，诗人令人触目惊心地揭示出鸦片烟弱国弱民的危害之深。正是出于这个原因，近代有识之士才不断用各种方式疾呼禁烟、戒烟，斥之为"至毒之药"，视之为中华民族的大敌。

鸦片烟的不能禁绝，实际是外国资本主义势力深入中国的一种表现。而以治外法权的丧失为题材,则有狄葆贤的《沪滨感事诗》六章。狄氏自述作诗缘起云:"沪上租界繁盛,为海内冠;然国权不张,外人持柄,亦莫此为甚。"因"仿巴渝'竹枝'之讴","综其故实,言皆可征,少写余怀焉尔"(《平等阁诗话》)。像鸦片一样,租界也是近代中国社会的病态产物。中国人对做亡国奴的意识,在此地感受格外痛切。狄葆贤久居上海,言之凿凿,语虽委婉,心实愤慨。所写外滩公园,可称为最典型的一例:

路别仙凡逝不回,更谁花外一徘徊。
银河杳渺风帆渡,那许萧郎入梦来!

注云:"上海黄浦滩旁有公园,严禁华人入内游览。"其他如黄浦滩边草地原为中国官地,亦禁华人涉足,租界中华人马车不得越过西人之前,泥城桥外各国人竞马赛球的跑马场,也不准华人入内,在狄葆贤的诗中都留下记录。狄葆贤与改良派政治家康有为、梁启超等有深交,论诗也受其影响,以为"起衰振俗,要赖乎是"(《平等阁诗话》)。他的诗中有相当明确的政治意识,正十分自然。

包天笑则不同。同居上海,包氏到底是通俗小说作家,出于职业习惯,他对上海的人情物态更为留意。1916年出版的《南社丛刻》第十九集,收有包天笑的《上海竹枝词》四首,专写上海女子服饰、嗜好的最新潮流。如第二首:

半臂轻裁蝉翼纱,襟儿一字画盘花;
如何密作同心扣,扣住侬心不忆家?

诗后也有注:"一字襟坎肩,向惟男子服之,京朝士夫,行之已久,今则流行于女界中。蝉翼纱古有是名,惟黑色尚焉。迩来又新翻花样,各色均有。"本来女子服装就多变、速变,其变化不单反映了"女为悦己者容"及自我欣赏的求新欲望,而且显示出社会风气的变动趋向。大抵女子而普遍喜着男装,这个社会总是处在禁锢放松、相对自由的氛围中。否则,在讲究"夫为妻纲"的传统中国,"易服色"岂不是乱了纲目?这就像当代女子的竞穿牛仔裤,并不能简单理解为一次时装革命,而更是一场思想革命。

上海在近代中国的地位相当特殊,风气开通居全国之首,故足以领导各地风气。汉代已有民谣说:

> 城中好高髻，四方高一尺；
>
> 城中好广眉，四方且半额；
>
> 城中好大袖，四方全匹帛。

这"城中"，在近代倒是可以确指为上海。上海女子的时髦装束流行开来，自称为"守旧""述旧"之"旧人"的林纾，在京中也不幸亲眼目睹此况，不禁痛心疾首，大加抨击：

> 辛亥之前，自南而北，男女之礼防已撤，其服饰梳掠，渐渐怪异。女子不裙而裤，裤尤附股，急如束湿。忽而高鬟，忽而蜷发，忽而结辫，忽而作解散髻，忽而为抛家髻，忽而为古妆，终极至于断发而止。（《馨云》）

尽管林纾的语调不能令我们满意，但此话还是搔到了痒处。这股从上海传到北京的女子服饰革新，正是封建礼教观念开始崩溃的表现。潮流总不可阻挡，林纾大动肝火也是徒然。而且，焉知辛亥革命的原动力不就孕育在这冲决封建礼防的大潮中？还是包天笑心平气和的记述作法明智些。

谈到近代社会的种种"奇观",自然不能遗漏掉商品经济的畸形繁荣,何况千家万户的生计,都与之有大关联。1910年,从偏僻的山城乐山初到成都就学的郭沫若,即受其刺激,写下了《商业场竹枝词》三首,用四川本乡本土的传统民歌形式,描画成都商业场内外使人眼光缭乱的繁华景象。第一首诗咏商业场中花枝招展的游女如云:

蝉鬓疏松刻意修,商业场中结队游。
无怪蜂狂蝶更浪,牡丹开到美人头。

第二首诗咏商业场楼前马路上车水马龙,交通繁忙:

楼前梭线路难通,龙马高车走不穷。
铁笛一声飞过了,大家争看电灯红。

在轻松风趣的笔调中,仍透露出诗人对都市新的经济生活那种又惊又喜的心情。

近代"竹枝词"在状写近代中国的种种奇特现象上颇为成功,其价值不限于文学,更受重视的反倒是它们提供了生动可信的史料、掌故。说诗人们"无心栽柳柳成阴"

也罢,说他们本来有心补史阙也罢,研究晚清文学史、风俗史的后人,总不能忽略了这批"竹枝词"的存在。

(原刊《读书》1989年第10期)

吟到中华以外天
——近代竹枝词之二

描述异国风物的"域外竹枝词"在晚清异军突起,为"竹枝词"的创作别开生面。其作者之多,涉及区域之广,令人惊叹。伦敦、巴黎、柏林还好说,即使偏远到美洲的岛国古巴,也有廖恩焘(忏庵)的《湾城竹枝词》咏其首都哈瓦那的风光。此种盛况不敢说是"后不见来者",但确确实实是"前不见古人"。这是晚清文学界的奇观,也是"竹枝词"的骄傲。

晚清诗人喜用"竹枝词"咏海外新事,无非是看中了"竹枝词"的轻巧灵便与亦庄亦谐。对于迫不及待要把所见所闻记述下来而又把握不准的诗人,这确实是最佳选择。

笔者无意跟随近代诗家云游四方,那样恐怕是疲于奔命而所得不多。恰好"域外竹枝词"中写到近邻日本的为数最多，我便可以专谈"日本竹枝词"了。

黄遵宪的《日本杂事诗》最后一首，慨叹中国人对于一水之隔的日本了解甚少，有句云：

> 未曾遍读《吾妻镜》，惭付和歌唱"竹枝"。

指的是明清两代宋濂的《日东曲》、沙起云的《日本杂咏》与尤侗的《外国竹枝词》，其咏日本之事均失之褊狭与荒谬。黄诗显然有正误纠偏之意，不过，他仍然借用了古已有之的"竹枝词"形式，这就是王韬所赞扬的"殊方异俗，咸入风谣"（《日本杂事诗·序》）。以后又有人学黄遵宪的《日本杂事诗》体，如"濯足扶桑客"的《东洋诗史》，初稿原名《日本竹枝词》；姚鹏图的《扶桑百八吟》，自述"晓梦凄迷唱'竹枝'"，便是明显的例证。以"竹枝词"歌体咏唱外国之事虽非黄遵宪的创造，却是经由他而发扬光大、蔚为大观的。《日东曲》仅十首，《日本杂咏》也只十六首，与《日本杂事诗》的二百首、《东洋诗史》的一百五十一首及《扶桑百八吟》的一百零八首相比，真是小巫见大巫了。

三本参看，作者的注意点还是略有不同。黄遵宪为外交官员，对日本国情的评介便相当慎重。而《日本杂事诗》又是写作《日本国志》的副产品，诗注中已言明：

> 今从大使后，择其大要，草《日本志》，成四十卷。复举杂事，以国势、天文、地理、政治、文学、风俗、服饰、技艺、物产为次，衍为小注，弗之以诗。

因《日本国志》本是"网罗旧闻，参考新政"（《日本杂事诗·自序》）的补阙之作，《日本杂事诗》便从"立国扶桑近日边"开始叙起，而穿插以对明治新政、新事的介绍。《东洋诗史》的记事类别倒与《日本杂事诗》大致相近，"惟随时随意之作，详略非一，难免赋海遗盐"（《东洋诗史·例言》）。作者是留学日本十年的军校学生，久历其境，博闻强记，故重在讲述日本史事、传闻，读着却也有趣。但与黄遵宪的注重典章文物的沿革及全篇整体的纲目清晰不同，《东洋诗史》显得随意性较大，多有繁简不当、时序错杂之处，不免予人散乱之感。著《扶桑百八吟》的姚鹏图，则是1903年由山东省派往日本参加在大阪举办的第五届国内博览会的下层官员，"偶就见闻"，"略述近事"。虽只逗留日本四个月，然而，凭借着他做知县对中国社会的实际了解，言多中肯，且往往能在对日本新政、新风的记述之中，包孕深刻的反省意识。

不过，认真追究起来，上述诸作除了还保留着以七绝形式咏地方风土人情之外，"竹枝词"的民歌味道已流失很多，与刘禹锡"东边日出西边雨，道是无情却有情"的轻快天真、大胆表露男女恋情相去甚远。诗人的"诗史"意识，总使这些"日本竹枝词"显得庄重、沉着。其中尤以《东洋诗史》为最。即使写到婚宴，诗篇也并非是代男女双方拟词的情歌，而是一种完全客观的民俗记录，每句都有来历，读来字字窒碍：

> 十三衣色灿云霞，姊妹催妆入聟（古"婿"字，日文中同义）家。
> 一幅鲤旗亲手赠，快依产殿筑生衙。

诗后还跟着一大篇注，解释："赘婿曰'入聟'"；新娘"于归之日，着吉衣，凡十三色，先白，最后黑。衣毕，乃登舆，姊妹兄弟皆送之"；"亲朋制旗，如鲤位形，高插门楣，以祝多子之意"；"生子之前，每别筑产舍，曰'生衙'，亦仿古时覆鹈羽作产殿之遗事耳"。如此非读注不能明了诗

吟到中华以外天

意,"竹枝词"通俗易懂的特点也消失殆尽。

用这种办法写"竹枝词",固然适应了晚清输入西学、了解世界的需要,却不免使"竹枝词"走了味。因此,就实用性来评价,《日本杂事诗》一类带有记事诗性质的"竹枝词"更值得肯定;而就艺术性作判断,砝码却要移到那些不加注或极少注的"域外竹枝词"一边。道理非常简单,依赖注解的诗歌,本身的可读性、完整性便很可怀疑。

融"竹枝词"形式与域外题材为一体,近代还留下了为数不少、风味更醇的"日本竹枝词"。其中,最可记述的是单士釐夫人的《日本竹枝词》十六首。其诗可传,也因其人可传。单士釐以一女子,而足历亚、欧、非三大洲,不仅在近代,而且在中国历史上也是第一人。其夫钱恂谓其"得中国妇女所未曾有"(单士釐《癸卯旅行记·题记》),确非过誉。

1899年,钱恂任湖北留日学生监督,单士釐率子女随后赴日。四五年间,每岁"或一航,或再航,往复既频,寄居又久,视东国如乡井"(单士釐《癸卯旅行记·自叙》),并能操日语,可充翻译。她对日本的民风土俗既十分熟悉,诗作写来也亲切有味:

乙女衣装粲粲新，共抛羽子约亲邻；
无端桃颊呈雅点，广袖频遮半面春。

大书檐额"喜多床"，理发师谙各国长；
华式欧风皆上手，只嫌坊主唤羌羌。

诗中虽也用了几个日文词，如"乙女"即"少女"，"羽子"即"羽毛毽子"，"喜多床"即"喜多理发店"，不过，与濯足扶桑客不同，单士釐本无意发表，所以没有怕人不解的忌讳，而通读全篇，诗意还是相当明了。在和谐、优美的意境中，个别日文词语的点缀，恰到好处地带出一缕隽永的日本风味。在诗人清新的笔调中，日本的旧俗新风历历如绘。

南社诗人郁曼陀及其弟、现代著名小说家郁达夫先后游学日本，又恰巧都写有"日本竹枝词"，也是一段佳话。郭沫若以"郁郁乎文哉"评郁达夫诗词，实于两兄弟都很合适。

郁曼陀的《东京竹枝词》四十七首曾刊《南社丛刻》第三集，为其七十三首《东京杂事诗》之一部分。郁曼陀先后肄业于日本早稻田大学及法政大学，"在日多年，深入社会各阶层，所咏自皇室至民间，自政治至习俗，无不观感亲切，诗语温馨，雅近晚唐"（陈声聪《兼于阁诗话》），故《东京竹枝词》流传一时。他咏日本仕女春季赏樱一篇颇能代表其诗风格：

> 树底迷楼画里人，金钗沽酒醉余春。
> 鞭丝车影匆匆去，十里樱花十里尘。

晚清凡到过日本的诗人，几乎无不写过日本的樱花胜景。严复弟子侯毅更因传统的"《柳枝》《柘枝》《竹枝》诸词，托情里巷，体近风骚"（《日本樱枝词·序》），而有《日本樱枝词》之作。首篇也写仕女游赏樱花的盛况：

> 樱花三月满蓬瀛，雪缀云装照眼明。
> 千莺万莺绕花啭，千人万人看花情。

费词四句，其实只说得郁曼陀"十里樱花十里尘"一句的意思。侯诗也有佳作，如咏樱糕一首：

> 菱样樱糕扑鼻香，卖糕人着紫罗裳。
> 纤纤捡个莲花馅，蜜味要郎仔细尝。

诗写得很别致，颇具民歌情调，与郁曼陀的"小窗梅雨卖樱糕"（《东京杂事诗》）另是一种味道。

郁家兄弟大约性情相近，或许都深得日本文化的神韵，作诗俱偏好清幽之境。1913 年，郁达夫随其兄东渡日本求学，次年即作成《日本竹枝词》十二首。咏"荒川夜樱"一诗正好可以拿来和郁曼陀之作比较：

黄昏好放看花船，樱满长堤月满川。
远岸微风歌宛转，谁家篷底弄三弦。

一写白日，一写夜晚，同样一种淡淡的怅惘沁人心脾。

在日本听过日本音乐的中国人，大多喜欢三弦。黄遵宪有诗曰：

剖破焦桐别制琴，三弦揩击有余音。
一声弹指推衣起，明月中天鹤在林。

并详加描述："有三弦琴，不用弹拨，以左指按之，右指冠决捺而成音，清穆殊有意。"这"清穆"之音，对于一个远客异国的人，恐怕很能撩乱其思绪的。推想当年郁达夫听篷底三弦，也会"别有一番滋味在心头"。

三弦在日本很普及，艺妓也善弹此乐器。郁曼陀以之入诗，更见佳妙：

插拨沉吟态更娇，三弦奏后已魂销。
定知今夜多明月，梦到扬州第几桥？

注语说明："新桥、柳桥间，为妓家，每召至，多奏三弦。"实际上，谈日本而不提艺妓，正是漏掉了最有特色的一节。

晚清人东游，少有不招妓侑酒的，故此诗中每见吟味异国烟花丰彩之句。因惯例如此而逢场作戏的有之，夹杂着莫名其妙的得意者也不乏其人。就中王韬堪称一绝。他漫游扶桑时已五十二岁，却仍然不改"嗜酒好色"的风流态，并自解为"率性而行，流露天真"的"好色之真豪杰"（《扶桑游记》）。真是奇人奇言。诗作亦奇。他在日本曾"作《柳枝》之新唱"，成《芳原新咏》十二章，专写东京芳原的青楼风致，喜的是"十万名花齐待汝，人生何再觅封侯"，忧的是"黄金安得高于屋，买尽东京十万花"。如此老来颠狂，也是靠了日本女子特有的魅力。

何况郁达夫留日时，恰当性意识觉醒的青春期，每天见到"日本的女子，一例地是柔和可爱"，"肥白柔美"，因而"感觉得最深切而亦最难忍受的地方，是在男女两性，正中了爱神毒箭的一刹那"（《雪夜》）。作为补偿，在这时期写出的《日本竹枝词》，便不可能放弃对日妓生活的描写，而且第一首就是：

> 灯影星光绿上楼，如龙车马狭斜游。
> 两行红烛参差过，哄得珠帘尽上钩。

王韬述芳原之景的文字，正好可移作此诗的注脚：

> 每当重楼向夕，灯火星繁，笙歌雷沸，二分璧月，十里珠帘，遨游其间者，车如流水，马若游龙，辚辚之声，彻夜不绝，真可谓销金之窟也。（《芳原新咏·序》）

由此想到，倘若不是到过日本，领略过这十里烟花的独特风情，郁达夫或许写不出《沉沦》这样一篇名作来。

（原刊《读书》1988 年第 12 期）

更搜欧亚造新声
——近代诗歌中的"新语句"

戊戌以后诗歌的一大特色,便是运用"新名词"。梁启超在日本首倡"诗界革命",提出的三项具体要求即为"新意境""新语句"与"古风格"(见《夏威夷游记》)。而未出国门之前,他与夏曾佑、谭嗣同三人已写过不少"挦扯新名词以自表异"的"新学之诗"(梁启超《饮冰室诗话》)。著名的例句如谭嗣同的"纲伦惨以喀私德,法会盛于巴力门"(《金陵听说法》其三),其中"喀私德"系 Caste 的译音,"巴力门"为 Parliament 的译音,均来自英语。诗句不仅表现出作者对种姓等级制度的愤慨与对资本主义议会政治的向往,同时也为诗中大量引进"新名词"开了先河。

就所受教育而言,生活于近、现代之交的诗人已很少"一心只读圣贤书",专念"子曰诗云"起家的;多数人是"中西合璧",更有如马君武的"朝读布家人杰传,夕翻达氏种源书"(《伊豆杂感》其六),功夫都花在布尔特奇(今译"普鲁塔克")的《英雄传》(即《希腊罗马名人传》)、达尔文的《物种起源》一类西学书上。这样读出来的诗人,下笔作诗,怎能不带出"新名词"?何况,因出使、留学、政治避难、出洋考察等种种缘由足履异邦的国人,有了新的见闻,要形诸笔墨,吟咏成章,最方便的办法也是借助"新名词",传达新感受。

黄遵宪在伦敦,观看过在白金汉宫举行的跳舞会,也参加过英人的宴会,印象纷杂。写入诗中,便异彩纷呈:

酌君以葡萄千斛之酒,赠君以玫瑰连理之花,
饱君以波罗径尺之果,饮君以天竺小团之茶,
处君以琉璃层累之屋,乘君以通懞四望之车,
送君以金丝压袖之服,延君以锦幔围墙之家。
红氍贴地灯耀壁,今夕大会来无遮。
褰裳携手双双至,仙之人兮纷如麻。

(《感事》其一)

诗格虽是从鲍照《拟行路难》"奉君金卮之美酒,玳瑁玉匣

之雕琴，七彩芙蓉之羽帐，九华蒲萄之锦衾"套出，可那韵味已明显"欧化"。看惯西方电影的现代中国人读黄诗，不难领悟诗人所写为名贵的欧洲葡萄酒、作为英国皇族标志的玫瑰花、原产巴西的菠萝与出产于印度的红茶等等。而对于闭居国内、未临其境的晚清人来说，所得的物象仍很模糊。若是发挥想象力，可能走形更厉害。作者显然因照顾到读者的局限，尽量使用国中原有的成语，如从史书的《礼仪志》《舆服志》中摘出"通幰四望之车"，借用"苦恨年年压金线"（秦韬玉《贫女》）的唐人诗句；然而，诗人面对的一切距离八抬大轿、鸣锣开道与长袍马褂的现实毕竟太远。要精确地领会诗人所写的马车带有包厢，四面装饰着玻璃，衣服为袖口饰以金线的礼服，几乎不可能。只见识过三跪九叩、山呼万岁的旧式文人，至多只能想象"九天阊阖开宫殿，万国衣冠拜冕旒。日色才临仙掌动，香烟欲傍衮龙浮"（王维《和贾舍人早朝大明宫之作》）的庄严上朝景象；骤遇西方偕夫人赴宴的场面，那感觉自然只能用黄遵宪"仙人聚会"的说法来描述。

黄遵宪状写西人宴会之诗中出现的新事物虽多，并且，以葡萄酒取代"金樽清酒"，以玫瑰花取代"一枝红杏"，到底还有异国情调；只是因沿用熟语太多，读者在想象还原过程中，容易援引旧事物而变了形，未免美中不足。梁启超批评黄诗重"古风格"而勉避"新语句"（《夏威夷游记》），如果从这一点来理解，确乎是其诗的毛病。与之形成对比的，则有完全如实照搬的一派诗人，如马君武。

1901年，年方二十岁的马君武东游日本，"自此以后，读中国书之时颇少矣"（《马君武诗稿·自序》）。此后，他又西游欧洲，留学德国。除社会科学著作外，他翻译过拜伦的《哀希腊歌》、歌德《少年维特之烦恼》中的《阿明临海岸哭女诗》等。有了这样的经历和文学基础，作起诗来，自然而然会夹杂许多外文词。《游拜伦（南德王国）》其二便是如此：

> 昨别时披垒，今来斗恼河。
> 君为克考舞，妾唱拜伦歌。
> 婉曲明心事，殷勤送眼波。
> 莫将花瓣数，妄意属君多。

前半首句句有译音词："时披垒（Spree）"今译"施普雷"；"斗恼（Donau）河"今译"多瑙河"；"克考（Krakauer）"今译"克拉科夫人"，克拉科夫舞是一种起源于克拉科夫的二拍子波兰集体舞;"拜伦(Bayern)"今译"巴伐利亚"。对于仅仅晓得《下里》《巴人》之类的民间小曲或者《霓裳羽衣曲》之类的宫廷乐舞的国内读者,那时恐怕无论如何也想象不出"克考舞"的舞姿与"拜伦歌"的歌调。诗人却并不求助于古有记载的"胡旋舞""龟兹乐",宁可使人不知,也要人们认识到这些歌舞别是一种,无可比附。好处是不致误解,缺点是不易了解。照我看来,两相权衡,还是利大于弊。

输入西学,开始时为减少阻力,尚可以旧说释新义;而接下来,则必须破除"礼失求诸野"的陈腐观念,划清中、西界限,承认西方文化自有本原。死抱住"中国,天下之宗邦也,不独为文字之始祖,即礼乐制度、天算器艺,无不由中国而流传及外"(王韬《原学》),热心为西方文化寻找中学根据,到头来只会把西学弄得面目模糊,似是而非,使学者不得要领。这样的苦头,我们已经吃得太多了。何况,假以时日,"克考舞"和"拜伦歌"是可以通过文化交流为国人所了解的。也幸好还有马君武这样一批"鼓吹新学思潮,标榜爱国主义"(《马君武诗稿·自序》)的先进知识分子不懈努力,新文化才能够以"新名词"为先导,在中国迅速产生和发展起来。

介于黄遵宪的"新语句尚少"与马君武的译音词太多之间的，是梁启超等人的致力于采用"日本译西书之语句"（《夏威夷游记》）。梁启超为之"拍案叫绝"的郑藻常诗《奉题星洲寓公风月琴尊图》可作代表：

太息神州不陆浮，浪从星海狎盟鸥。
共和风月推君主，代表琴尊唱自由。
物我平权皆偶国，天人团体一孤舟。
此身归纳知何处？出世无机与化游。

其中"共和""代表""自由""平权""团体""归纳""无机"，都是借自日本的外来词。梁启超本人作文，"好以日本语句入文"；作诗，也喜欢使用日人创造的"新名词"。如《壮别》其十六"别横滨诸同志一首"：

文明发商界，欧米昔其乡。
徐福三千壮，田横五百强。
自由成具体，以太感重洋。
努力宗邦事，蓬莱日月长。

诗中一连使用了"文明""商界""欧米""自由""具体"五个日语借词,而"以太"则是英语 ether 的译音。上举各词大多已在现代汉语中普遍应用,不足为奇,当时却并非人人能解,因而予人新异之感。

这些从日本借入的外来词,由于以汉字书写,并按照汉语语法组构,所以易学、易记、易于流传,很快便由文入诗,由书面而口语,在中国获得广泛运用。反对者不乏其人,甚至梁启超之师康有为也写过《中国颠危误在全法欧美而尽弃国粹说》,对日本新词大量进入中文痛心疾首,斥之为"易好音为鸮鸣",视之为"吾国文学之大厄"。而其不满的全部理由,实际还是孟老夫子所说的"吾闻用夏变夷者,未闻变于夷者也"(《孟子·滕文公上》)。所谓"我国数千年之文章,单字成文,比音成乐,杂色成章,万国罕比其美,岂可自舍之","日本文学,皆出自中国,乃俯而师日本之俚词,何无耻也",流露出的仍是天朝上国君临万邦的狭隘传统心态。

康有为 1913 年说这话时,大约已忘记四年前他也曾有"更搜欧亚造新声"(《与菽园论诗兼寄任公、孺博、曼宣》)的宏愿,并且,其诗如"别有丈明开世界"(《己酉六月自欧归……》)、"精神欲飞扬"(《哭亡友烈侠梁铁君百韵》)中的"文明""精神",也是由日人赋予现代意义的外来词。更有甚者,位居方面的端方批某生考卷,"谓其文有思想而乏组织,惜用新名词太多"(柴萼《梵天庐丛录》),一时传为笑谈。因为排斥"新名词"的端方,非用"思想""组织"这两个"新名词"不能达意。这真是无可奈何。古诗云:"蚍蜉撼大树,可笑不自量。"不管有多少有力者反对,"新名词"还是坚定不移地日益进入中国的语言文字。

"新名词"强大的生命力不只表现在描述新事物离不开它,即使抒写古已有之的相思爱恋之情,"新名词"加入后,情诗也别具风味。南社诗人叶玉森仿南朝民歌作《新读曲歌》,"新"就"新"在大量运用地理新名词:

愁难解,
开门见白山,开镜见红海。

懊侬歌,
郎居喜望峰,妾居多恼河。

侬心不能称,自去探北极。
万里见冰蚕,情丝又如织。

以"丝"谐"思",仍是民歌的惯用手法。不同的是,南朝《懊侬歌》所述两地相思尚不离一条长江:"江陵去扬州,三千三百里。已行一千三,所有二千在。"比起《新读曲歌》的男女主人公一在"白山"、一在"红海"的海内外悬隔,真不可以道里计。最妙的是,诗人还能借译音地名玩对仗、双关的花样。"多恼河"与"喜望峰"不仅字面相对,而且外国河流的译名也与女主人公"愁难解"的心境相照应。经受着如此史无前例的远隔,我们有理由相信,近代情人们的痛苦比古代相思男女更深长、更难以排解。

梁启超称马君武为"好哲学而多情者也"(《饮冰室诗话》),观其《赠某》诗,信然:

悲凉弦管新闻怨,破碎河山一美人。
苍狗红羊惊旧劫,坠萍飞絮话前因。
英雄末路悲醇酒,恋爱新词写素裙。
金字塔前同一笑,愿身成骨骨成尘。

虽然沧桑多变,英雄途穷,但两人的爱情永远坚贞不渝。不难看出,这一篇信誓旦旦的"恋爱新词",用的是李商隐"无题"诗的写法,最后两句更与"春蚕到死丝方尽,蜡炬成灰泪始干"意义相关。若论区别，还不在一笑、一哭上，马君武把个人的恋情置放在巨大、永久的历史纪念物金字塔的背景前，便赋予它一种伟大、神圣、永恒的意义，这是春蚕、蜡烛一类微物无法负载的。以"新名词"作诗的优越性在这里充分显示出来。

"新名词"入诗对古典诗歌并非只有正面的作用，值得说一说的倒是同时发生的负面影响。

欧阳修《六一诗话》中记述了一则故事：宋初有九僧以诗名，进士许洞亦善为词章，"因会诸诗僧分题，出一纸，约曰：'不得犯此一字。'其字乃山、水、风、云、竹、石、花、草、雪、霜、星、月、禽、鸟之类，于是诸僧皆阁笔"。令我感兴趣的是"诸僧皆阁笔"的原因。尽管可以这样说，山、水、风、云等字是和尚作诗不可或缺之语，因其诗多以写景取胜；但跳出诗僧的圈子，加上更多的规定，如不可言酒、不可言剑等等，恐怕李白、杜甫这样的高手也要为之搁笔了。看来中国古典诗歌确实存在着一批基本的语言材料，离开了这些用语，诗章就构建不起来。

不过，何谓"基本的语言材料"？用什么尺度来确定？可能也是言人人殊。许浑诗中喜用"水"字，人云"许浑千首湿"，可见"水"字对许诗极为重要；而刘长卿诗歌警句常有"白"字,则"白"字为刘诗所不可少;张先得名"张三影",因其词善用"影"字;"人比黄花瘦""绿肥红瘦"等名句的创造者李清照,也显示出对"瘦"字的偏爱。如若要这样逐一考察、统计,我们非有一台大型电子计算机不可。诗歌的基本用语数量虽然一时难以确定,但从上述的事例中,我们还是可以抽象出某种较为具体的衡量标准。在我想来,这就是词语应能引起习惯性联想。

中国古典诗词在长期的积累过程中,每个常用字除本义之外,还获得了由此引发出来的多项意义。诗中出现"松""菊",人们便会想到孤高傲世、洁身自好的品德;读者见到"看刀""抚剑",就会窥见诗人"英雄无用武之地"的悲壮心境。可以说,这些基本词语搭配起来,便构成了诗篇的意义场。在这个意义场中,松、菊、刀、剑都不再是孤立的存在,在它们的实物原义以外,意义场还赋予它们更多的联想意义和感情色彩。了解这一奥秘,选用可以形成不同意义场的合适词语,现代人也能够作出足以乱真的旧诗来。

而由于"新名词"的大量介入,古典诗歌的运数到晚清已经不可挽回地没落了。熟谙"接天莲叶无穷碧,映日荷花别样红"与"采菊东篱下,悠然见南山"的读者,一旦看到曾纪泽的《维多利亚花》诗题，读到梁启超"缭以科葛米讷兮，借以芦丝"（《赠别郑秋蕃兼谢惠画》）的诗句，肯定不知所云。以往的经验在这里都派不上用场。为此，曾纪泽特意写了一大段引言，说明"英吉利有游阿美利加洲者，睹奇花产泽中，花大如车轮，叶周十丈许，为其博大清妍，特异凡卉，乃以英国女主之名名焉"，诗中并以十丈青莲作比；而梁启超也于诗间加注，解释"西人有一种花，名曰科葛米讷 Forget me not，意言勿忘我也"，"芦丝 Rose 即玫瑰花"，等等。可是，对于未见过维多利亚花与勿忘我草的中国旧诗读者，所有习惯性的联想思路都被隔断了。除了一种异国情调的陌生感，这些花草的出现已引不起特别的激动和美感。过多表述外来新事物的"新名词"掺入诗歌，其结果便是意义场的消失，作者与读者不能完全沟通，于是，这些新派旧体诗形式空存，韵味已失。

从中国古典诗歌的创作经验看，这种成分复杂的诗歌语言造成的"非诗化"（或者借用梁启超《夏威夷游记》中的话，称之为"不甚肖诗"）现象，似乎很可忧虑；而从中国诗歌的发展进程看，我倒以为是一大进步。旧的关系斩断了，才可以建立新关系。既然白话文的反对者们已经忧心忡忡地指出,"新名词"的输入使"学者非用新词,几不能开口动笔,不待妄人主张白话,而中国语文已大变矣"(柴萼《梵天庐丛录》);那么,"新名词"跻身诗中,正是促使中国旧诗蜕变、白话新诗诞生的催化剂,也是无庸讳言的事实。

负面影响还是发生了正面效益。

(附) 熟读唐诗三百首
——《樊川诗集注》作法别解

古语说:"熟读唐诗三百首,不会作诗也会吟。"两句古谚确实包含着一定的道理。首先,通过熟读可以准确掌握各种诗体。其次,熟读也可以使学诗者体味各种诗体一般适宜于表现何种题材、情绪,具有何种特色,如"五言绝尚真切,质多胜文;七言绝尚高华,文多胜质"(胡应麟《诗薮》),以便选择最恰当的形式,充分抒发诗情。再次,熟读也便于揣摩谋篇布局、熔铸意境的技巧。但是我以为,"熟读唐诗三百首"的最大好处是可以熟悉古典诗歌的常用语,这是从"不会吟诗"走向"也会吟"的捷径。诗歌用语是构成诗篇的基本材料,正如砖石对于大厦之不可或缺。因而,掌握丰富的诗歌词汇是写出大量风格多样的诗的基本条件之一。在这一点上,冯集梧的《樊川诗集注》

四卷所采取的注释方法很有启发性。

冯集梧的作法是采用不同的引文注同一词语。举最习见的词"千里"为例，在冯注杜诗四卷共二百六十五首中凡十三见，且都有注。引句如下："合环千里疆"（《感怀诗一首》）；"闻屯千里师"（《雪中书怀》）；"千里函关囚独夫"（《过骊山作》）；"向吴亭东千里秋"（《润州二首》其一）；"千里莺啼绿映红"（《江南春绝句》）；"千里云山何处好"（《自宣城赴官上京》）；"千里暮山重叠翠"（《湖南正初招李郢秀才》）；"重过江南更千里"（《新定途中》）；"歌谣千里春长暖"（《怀钟陵旧游四首》其一）；"日落汀痕千里色"（同上其四）；"贱子来千里"（《除官行至昭应，闻友人出官因寄》）；"千里长河初冻时"（《汴河阻冻》）；"欲寄相思千里月"（《寄远》）。其中只有《过骊山作》与《汴河阻冻》中的两句因涉及地理，有必要诠释，其他均可不注，但冯集梧却不厌其烦，一一注出。显然，这样作并非由于读者不知"千里"是何意，也不是冯氏卖弄学问，因为即使读书很少的人，也能找出成百上千带"千里"字样的句子来。冯集梧此举必有用意，除想使读者加深对诗句的理解，故选取了与内容相应的引文外，另一个目的恐怕就是他在《自序》中所说的"借以参离合"。据我的理解，"离合"正是指诗歌词语的分离、组合。他所引的注语虽然诗文相杂，但对于我们"参离合"以继续进行这个题目的研究却很有益。

读一些古诗就会发现，构成诗行的单个词语绝大部分是各个诗人都可以通用的，它们组成了诗歌的基本词汇。以杜牧的《题敬爱寺楼》一诗为例：

暮景千山雪，春寒百尺楼。
独登还独下，谁会我悠悠？

把这首诗离析为单词或词组，我们就会从唐代其他诗人的诗中找到它的碎片。如："空林暮景悬"(杜甫《一室》)，"千山鸟飞绝""独钓寒江雪"(柳宗元《江雪》)，"春寒入剪刀"(崔道融《春闺》其二)，"百尺楼高水接天"(李商隐《霜月》)，"百年多病独登台"(杜甫《登高》)，"江月照还空"(李白《望庐山瀑布》)，"独怆然而涕下"(陈子昂《登幽州台歌》)，"谁人会得使君心"(白居易《代州民问》)，"我本渔樵孟诸野，一生自是悠悠者"(高适《封丘作》)。而"悠悠"一词在四卷杜牧诗中共出现了七次，除上诗外，尚有"悠悠一千古"(《李甘诗》)、"天地空悠悠"(《洛中送冀处士东游》)、"悠悠渠水清"(《东都送郑处诲校书归上都》)、"悠悠心所期"(《句溪夏日送卢霈秀才归王屋山，将欲赴举》）、"力学强悠悠"（《忆齐安郡》）、"何处送悠悠"（《斫竹》）。不同诗人对同一词语的不断运用与同一诗人对同一词语的反复运用的事实，说明诗人在使用诗歌语言时有相通处。

这些使用频率较高的词语构成了诗歌比较稳定的基本词汇，它们就像一根根普通的丝线，诗人们不断选用其中的一部分，编织成无数幅风貌不同、尺幅不等的锦画，其中固然有高低、优劣之分，但所用原料却无大差别。

与其他文学形式相比较，诗歌的基本词汇又有独特处。古典诗歌与他种文学体裁的区别也反映在它所使用的语词上。古典诗歌不仅要选择最精练的语言抒情写景，而且它的词汇范围也比古代的小说、戏曲为小。其他文学体裁固然有与诗歌共用的词语，这也是诗歌最主要、最基本的词汇，但小说、戏曲的某些词语却不能随意搬到诗中。如《水浒》中李逵的粗话，在小说中不失为精彩的个性化语言，但硬要编排入诗，虽然也会有人视为创新，但大多数人却无法欣赏。所以，刘熙载在《艺概》中主张"诗要避俗"，正是尊重艺术创作规律、告诫诗家不可乱来的警言。

自然，俗字不是绝对不可进入诗歌的领域。古来成功地运用俗字入诗，扩大了诗歌语汇的也不乏其例。如北宋词人宋祁的"红杏枝头春意闹"（《玉楼春》），清人李渔除从词的搭配角度指出"红杏闹春"不合理外，还认为："予谓'闹'字极粗极俗，且听不入耳，非但不可加于此句，并不当见之诗词。"（《窥词管见》）而从古至今大多数人却激赏此句，认为好在有情趣，能传神，"着一'闹'字而境界全出"（王国维《人间词话》）。宋祁也因此得个"红杏枝头春意闹尚书"的美号。最为人所称道的李清照更是点铁成金的圣手，化用俗字的佳句俯拾即是。杨慎称之为："山谷所谓以故为新、以俗为雅者，易安先得之矣。"（《词品》）这些俗字实际是形象性很强的生动活泼的口语，它们可使诗歌的表现力更丰富。而如不具备这一特点，则"故"仍不可以为"新"，"俗"也不可以为"雅"，可见，使腐朽变为神奇的关键在善于"化"。但这种情况的存在仍然不能抹煞诗歌语言与他种文学语言的最终界限，则是毫无疑义的。

以上说明了古典诗歌有相对稳定的常用词及这些词汇的特点，因此，在熟读之后，熟悉了一定量的基本用语，就可以吟诗了。但吟出的是否是好诗，是否有独特的风格，还要看其是否有新意。刘熙载在说了"诗要避俗"后，紧接着又说"更要避熟"，正是深得其中三昧。出新是文学创作普遍的艺术要求，在诗歌的语言使用上也同样如此，杜甫就曾有"语不惊人死不休"的名言。"惊人"既不是如韩愈那样故意堆砌生命已终止的古字，也不是像温庭筠那样常作浓词艳语，杜甫却正是于平淡、妥帖处求神奇，故其诗有"地负海涵，包罗万汇"（《诗薮》）之象。杜牧自言他作诗的宗旨是："不务奇丽，不涉习俗，不今不古，处于中间。"（《献诗启》）这样的创作意图正是通过他对诗歌词语的选择运用实现的。他很少用尖新的词语，也很少用现成的俗字，这不仅没有使他的诗歌流于一般化，相反，杜牧诗歌风格的"俊爽"却是人所公认的。杜牧对在诗中使用俗词艳语深恶痛绝，曾引李戡的话批评元、白诗"淫言媟语，冬寒夏热，入人肌骨，不可除去"（《唐故平卢军节度巡官陇西李府君墓志铭》），要求诗歌用语保持一定的纯洁性。他在学习古代诗歌语言的同时，也创造了自己的语言风格。杜牧正是以生动的气韵将平凡的词语贯穿起来，自然流走，别具一格。从艺术创作的实践看，每个诗人都有自己偏爱的词语，这正是构成诗人独特的创作风格的一个重要因素。因此，诗歌用语既有其共通的一面，即为各个诗人所公用；也有其独立的一面，即为某个诗人所喜用。

我们在阅读冯集梧所注的杜牧诗四卷时会发现，杜牧很喜欢用"嫩""娇"这两个鲜明、润泽的字眼,它们分别在二百六十五首诗中出现了八次,而冯集梧所加的注也不同一般。

"嫩"字句有:"嫩岚滋翠葆"(《华清宫三十韵》),"岚嫩千峰叠海涛"(《长安杂题长句六首》其三),"兰畹晴香嫩"(《许七侍御弃官东归,潇洒江南,颇闻自适,高秋企望,题诗寄赠十韵》),"眉点萱芽嫩"(《朱坡》),"越浦黄甘嫩"(《新转南曹,未叙朝散,初秋暑退,出守吴兴,书此篇以自见志》),"泉嫩黄金涌"(《题茶山》),"嫩水碧罗光"(《早春赠军事薛判官》),"春嫩不禁寒"(《初春有感寄歙州邢员外》)。

"娇"字句有:"雏娇村幂幂"(《偶游石盎僧舍》),"烟湿树姿娇"(《池州送孟迟先辈》),"云娇惹粉囊"(《华清宫三十韵》),"碧池新涨浴娇鸦"(《街西长句》),"娇云光占岫"(《茶山下作》),"拂尘犹自妒娇娆"(《屏风绝句》),"郑袖娇娆酣似醉"(《题武关》),"候馆梅花雪娇"(《代人寄远》)。

有趣的是,几乎字字注来历的冯集梧却并未为这些"嫩""娇"字样加片言只语的注。"拂尘犹自妒娇娆"句,"娇娆"应与"郑袖娇娆酣似醉"中的"娇娆"同,都是叠韵形容词,而冯集梧在前句下加按语:"宋子侯有《董娇娆》诗。"也不是直接的征引。可见,"嫩""娇"二字是杜牧偏爱的词,而别的诗人则很少使用。事实上，每个作家都有自己独特的用字习惯。即以李白与杜牧相比，同样写饮酒，李白常在诗中直接放进朴实无华的"酒"字，如"花间一壶酒"(《月下独酌》其一)、"金樽清酒斗十千"(《行路难》其一)、"吴姬压酒唤客尝"(《金陵酒肆留别》)、"斗酒十千恣欢谑"(《将进酒》)等，表现了李白豪放不羁的性格；而杜牧则喜欢在诗中嵌入修饰意味很浓的"冻醪"代指酒，如"冻醪元亮秋"(《许七侍御弃官东归》)、"前溪碧水冻醪时"(《寄李起居四韵》)、"似为冻醪开"(《梅》)、"梅引冻醪倾"(《寄内兄和州崔员外十二韵》)等，带有杜牧诗歌"气俊思活"(《吟谱》)的特色。这些细微不同的用字习惯，与诗歌纷繁多样的艺术风格有着千丝万缕的联系。

古人对杜牧使用这样鲜活的字眼也有过评述。张戒说："庭筠语皆新巧，初似可喜，而其意无礼，其格至卑，其筋骨浅露，与牧之诗不可同年而语也。……牧之才豪华，此诗(指《华清宫三十韵》)初叙事甚可喜，而其中乃云：'泉暖涵窗镜，云娇惹粉囊。嫩岚滋翠葆，清渭照红妆'，是亦庭筠语耳。"(《岁寒堂诗话》)表露了遗憾之情。这种诗句在杜牧集中确不算佳，甚至与杜牧诗歌总的风格相脱离，但杜牧却对"嫩""娇"二词有特殊好感，推敲起来，其中还有一定的原因。含"嫩"多的八首诗中，只有《早春赠军事薛判官》和《初春有感寄歙州邢员外》两首是五律，《长安杂题长句六首》其三是七律，余皆为古体诗，并且五律的诗味也较古朴；含"娇"字的虽然有《题武关》与《街西长句》两首七律，《屏风绝句》一首七绝，但其中有两个"娇"字不能独立，仅作为联绵字"娇娆"的一部分而出现，而古体诗仍占八首的大半。所以，杜牧很可能是有意在这些比较沉闷、凝重的基色上涂上点亮漆，以醒人眼目。但有些诗句由于用字太雕琢，反而破坏了诗歌的自然美，产生了适得其反的效果。但在同样的艺术追求下，杜牧也写出了许多好诗佳句。

（原刊《文史知识》1982年第4期，
初题为《谈古典诗歌词语问题
——冯集梧〈樊川诗集注〉的启示》）

须从旧锦翻新样
——近代诗歌中的"新意境"

近代以来,用旧体诗表现现代生活,唯一可行的路是在"新意境"上用功夫。倡导"诗界革命"的梁启超对此已有所意识,在颇具影响的《饮冰室诗话》中,他自觉修正了先前的"新意境""新语句"与"古风格"(《夏威夷游记》)三合一的提法,而以"以旧风格含新意境"代之成为"诗界革命"的新纲领。这是梁启超的一片苦心。"新语句"与"古风格"既不能相容,现代白话诗又没有在他手中出现,被牺牲的只能是"新名词"了。

实际上,直到如今,旧诗的爱好者们仍在奉行这一创作原则。"新名词"用得太多,旧体诗变了味,就不如去写白话诗,还免得被人视为附庸风雅或不懂韵味。

西学传入,知识大开,意境的创新并非难事,只是写得好不容易。新事物太实在，新学理太枯燥，都不及把具体与抽象集于一身的宇宙世界作为表现对象来得惬意。无怪乎这时期有不少诗描述中国人的"地理大发现"与"天文大发现"。

古代中国人大多相信天圆地方，歌中所唱"天似穹庐，笼盖四野"正是最形象的表述；又总是以中国为"天下"，所谓"普天之下，莫非王土；率土之滨，莫非王臣"。因而虽有"天如鸡子，地如鸡中黄"的"浑天"说与邹衍的赤县神州为九九八十一州之一的"大九州"说，在一般人，凭五官感受和生活体验，实在难以真正领会。

直到明清之际，西方传教士带来现代天文学与地理学，情况才逐渐有所改变。这就是金和诗中所写的"自从国初来，西法斯权舆。近今百余年，乃见全地图"。地图的出现，为中国人认识世界提供了极大方便。但仍有人持怀疑态度："地图九万里，闻者疑其诬。"金和不客气地斥之为"病在见太浅"。于是，在他为李圭的《环游地球图》题诗时，便针对国人的浅见，正面讲述了他的新地球观。

李圭1876年赴美参加为纪念美国建国一百周年在费城举办的世界博览会，归后著有《环游地球新录》，并附《地球图说》。此行八万余里，自上海东航至美，再向东，经英、法,仍返上海,完成了环游地球的壮举。在"所惜华之人,视海为畏途"的时代,李圭确乎当得起"真勇士"的称号(见金和《题李小池环游地球图》)。

环球之行意义甚多,其一是李圭以亲身经历,证实了地为球形,消除了先前的疑惑:

> 地形如球,环日而行,日不动而地动。——我中华明此理者固不乏人,而不信此说者十常八九。圭初亦颇疑之。今奉差出洋,得环球而游焉,乃信。

这个说法足以使人心悦诚服。《环游地球新录》为游记,以记述费城博览会及游览见闻为主,金和的《题李小池环游地球图》为长诗,诗人既未追随其后,故专在环球所验证的"地动说"上用心思。"虚者实之,实者虚之",本是诗不同于文的扬长避短之法。

其述李圭抵美后诗云:

> 其地与吾华,颠倒足合跗。
> 我方望扶桑,彼已日下晡。
> 当彼方午炊,则我鸡鸣初。

推迁凡六时，对待如一隅。

这比黄遵宪在伦敦时作《今别离》，咏东西半球"昼夜相背驰""眠起不同时"早了十几年。写李圭归来一段也有意思：

> 若循来时踪，应是西征徂。
> 李子惟东行，奚虑长途纡？
> 朝朝太阳出，步步春风苏。
> 东而又东之，由粤渐入吴。
> 再四万余里，仍返申江居。
> 是知地体圆，环转只一枢。
> 视人所向背，东西无定区。

这种意境，想象地球另一面的美人与我颠倒相对立，确知地球上并无固定不变的东西南北，非以近代地理学为根基不能写出。金和本人虽未亲历其境，但得李圭"余事付图绘，卧游还起予"，亦一快心事。

被梁启超誉为"诗界革命一巨子"的丘逢甲，也有卧游地球的雅兴，不过，其诗的作法别是一样：

> 墨澳欧非尺幅收，就中亚部有神州。
> 普天终见大一统，缩地真成小五洲。
> 畏日遮余占摄力，仁风扬处遍全球。
> 如何世俗丹青手，只写名山当卧游？

诗题为《题地球画扇》。仿照旧式点评方法，这首诗可分析为：首联统叙扇面地图，颔联承上，颈联单写"扇"，尾联荡开。不过，那意境是古人所未有。李贺的想象力在古代诗人中可算无与伦比了，然而充其量，他也只能写出"遥望齐州九点烟，一泓海水杯中泻"（《梦天》），仍然离不开神州大地。而丘诗中间两联对仗，既表现了诗人的大同思想，又关合题目，状物得神，真是写绝了。试想，一把绘有小型世界地图的扇子在手，遮阳、扇风，处处引发起诗人的全球意识，那是什么境界！不意前些年流行的"胸怀祖国，放眼世界"，半个世纪以前的丘逢甲已先得之。他自然要鄙薄世俗只知卧游名山，"一丘一壑也风流"的小家子气。

既已全球在胸，面对地图时可以卧游世界，不观地图时亦可浮想联翩。南社诗人傅尃《题自书精神一到何事不成横卷》开篇所写，便是纯粹的精神漫游：

> 我闻阿尔魄山高于天，鸟垂双翼飞不前，
> 壮士一呼万军振，汉尼拔与拿破仑分相后先。
> 地绝东西限南北，航绕阿非绕阿墨，
> 苏彝士河、巴拿马峡一朝齐洞开，造物无功天失色。

诗人凭空拟想，神思飞越，顷刻之间，周游地球，这才是"精神一到，何事不成"的新解。

坐地悬想者尚有如此壮阔的气魄，身临其境者更会豪情满怀。特别是当诗人置身于浩渺无垠的太平洋上，胸中的块垒被大洋的风潮荡涤一净，往往能吟出思通万里的好诗来。黄遵宪1885于自美国卸去旧金山总领事任回国，写有《八月十五夜太平洋舟中望月作歌》；梁启超1899年底由日本赴夏威夷，留下《二十世纪太平洋歌》；南社中人谢华国1913年因国民党讨袁失败，出亡美国，也吟出《大风渡太平洋放歌》。这些诗均为七古长歌，气势充沛，造境雄奇。即使写作格律谨严的近体诗，如叶玉森的《太平洋归舟中作》七律二首，也有"放眼都穷惟大气，低头忽见有奔雷""有泪合流红海去，似愁都涌白山来"一类气韵沉雄的警句。汉代司马相如的《子虚赋》写乌有先生与子虚

斗嘴，夸说齐国疆域之大，"吞若云梦者八九于其胸中，曾不蒂芥"，尚属漫天吹牛；叶玉森称"洞庭三万六千顷，直是太平洋一杯"，则是以对世界的正确认识为依据的真实感受。

梁启超渡太平洋时，还作过一首《太平洋遇雨》绝句，堪称绝唱：

> 一雨纵横亘二洲，浪淘天地入东流。
> 却余人物淘难尽，又挟风雷作远游。

诗中虽不用"阿尔卑斯山""红海"等地理新名词，但对太平洋上纵横亚、美两大洲的雷雨的描写，与黄遵宪诗中关于中国地理位置的描述"岂知赤县神州地，美洲以西日本东"（《八月十五夜太平洋舟中望月作歌》）一样，都是西方近代科学传入的产物。

1890年，已经考中举人、饱读诗书的梁启超进京会试，归来道经上海，买到徐继畬的《瀛环志略》，"读之，始知有五大洲各国"（《三十自述》）。一个"生九年，乃始游他县；生十七年，乃始游他省"的"完全无缺不带杂质之乡人"，"曾几何时，为十九世纪世界大风潮之势力所簸荡所冲激所驱遣",乃"不得不为国人焉",且"不得不为世界人焉",梁启超不由慨叹:"是岂十年前熊子谷（熊子谷,吾乡名也）中一童子所及料也?"怀着"学为国人,学为世界人"（《夏威夷游记》）的豪壮心情,梁启超出言吐气,自若长虹。其心胸、意境之阔大,断非囿居一国甚而一乡的古代诗人所能及。

在了解地球的同时,人们也有了解宇宙的欲望。叶景葵称之为"光绪以来读书明理之君子"（《卷庵书跋》）的孙宝瑄,生平虽未出国,却留心西学,广读新书,日记中每记其所获知的新知识。1898年看《地球奇妙论》后记:

> 地球每日自转本轴,约七万五千里一周,则每时须行六千二百五十里,较火车速十数倍。然则吾人所自谓静坐不动时,不知正坐极快火车,无一息停也。

这正是毛泽东受人推崇、显示其雄迈气概的诗句"坐地日行八万里"的思想原型。而"巡天遥看一千河"也曾是近代诗史上的热门题材。

孙宝瑄1901年日记中有言:

我国古说，谓天积气所成，彼固不知离地面二十五里以外已无气矣。如执气为天，则人日游天中，而二十五里以上出空气外，名曰太虚，而非天矣。然则太虚中，凡一世界即一天地，世界如恒河沙数，天地亦如恒河沙数。古人言天地大之极矣，今人言天地小之极矣，今人之眼界胸襟，较之古人盖大至无量倍，不亦奇耶？

所说的道理，今天的小学生都懂得，而在当时，却确实是令知识界茅塞顿开、激动不已的新宇宙观。以此眼光作诗，自然会有"较之古人盖大至无量倍"的意境出现。读孙宝瑄写于1898年的《太虚歌》即有此感：

> 太虚造境奇，恢恢自雄大。
> 会当抟扶摇，直欲穷其外。
> 太虚无外奈若何，天风吹万明星罗。
> 明星大如瓜，世界多如沙；
> 充塞布空际，飞洒无周遮。
> 细者类河汉，巨者名鱼蛇。
> 或如白云淡，或为斗柄斜。

中有日轮不知数，光摇上下开荣华；

提挈诸星与群月，盘旋追摄终古无讹差。

吁嗟此境真奇绝，借问何人为创设？

世间惟有佛能知，问佛佛云不可说。

孙氏最得意的"明星大如瓜，世界多如沙"，参以佛语，解说新学，而又自然圆满，这正是当时学界的风气。

在此之前，1882年，黄遵宪由驻日参赞调任驻旧金山总领事，展轮赴美，途中作《海行杂感》一组。其中写夜望太空一首，正与孙宝瑄《太虚歌》同一思致：

星星世界遍诸天，不计三千与大千。

倘亦乘槎中有客，回头望我地球圆。

佛家三千大千世界的成说，巧妙地与运用新学理的想象结合起来，自宇宙空间俯观诗人所居住的地球这一新视角因而产生。在宇宙飞船尚未出现的时代，我们已在黄遵宪的诗中看到宇航员眼中的地球，证明他所追求的古人"未辟之境"确有独特魅力。

追溯上去，更早以"新意境"入诗的还有曾国藩之子曾纪泽。作于1881年的《七夕》诗有句：

海外谈天别有球，谁闻织女诣牵牛？

本来，织女、牵牛七夕相会是带有神话色彩的民间传说，曾纪泽却认真对待，以西方天文研究的成果批驳其事的不可能，体现出近代诗人特有的科学态度。

进而把科学新知化为浑融的诗境，更是近代诗家推陈出新、出奇制胜的秘诀。曾纪泽1880年所写"冰轮何事摇沧海，去作长天万顷涛"（《八月十五日夜森比德堡对月》），字面上无一新学语，然而，读了"小引"即可明白："西人谓海潮为月力吸引，结句采用其说，或者为后来诗人增一故实耶？"原来，古风犹存的诗句中已包孕着西方科学的新典故。一轮明月摇荡大海、鼓起大潮的意象，与古人"海水摇空绿"（南朝乐府《西洲曲》）、"潮来天地青"（王维《送邢桂州》）的直观印象显异其趣。这倒并非因为作者身在彼得堡，"外国的月亮特别圆"；即使作《今朗月行》时仍留居国内的刘大白，也在诗中连篇累牍地运用从西方传入的天文知识。并且，一落笔，他就自觉地和古代诗人划清界线：

> 古人说朗月,配日为阴精;
> 今人说朗月,于地为卫星。

从这里再生发出一大段关于月球的科学报告,诸如月球的运行轨道、月圆月缺及月食的道理、月球的地貌等等,而这一切都可以用科学手段验证,如"窥之以远镜,此说信有征"。随后,诗人又畅想飞升月球的情境:

> 我欲驭电气,望月而飞升。
> 殖民新世界,月地两通程。
> 月中如有人,当亦相欢迎。
> 倘为古人见,呼我为仙灵。
> 电学苟进步,仙灵莫与京。

古人讲羽化升天,非成仙得道者不成;而刘大白以一介凡夫,反可以想象凭借现代科技,殖民月球,不但令古人惊为仙灵,而且令仙灵自愧弗如。如此气度,如此境界,连善于狂想的李白在《古朗月行》中也写不出。

"奚囊搜句到红毛"(曾纪泽《八月十五日夜森比德堡对月》)的近代诗人确有优于古人的学问与阅历。即如1878—1886

年先后担任出使英、法、俄大臣的曾纪泽,就在国外生活过八年,自称"万国身经奇世界,半生目击小沧桑"(《睡起》),加之他精通英语,热心西学,对西方社会的了解更真切。在以新学理创造新意境之外,他又能以其所经历的"万国奇世界"为诗歌题材,读来也使人大开眼界。《异俗》一诗便饶有新趣:

> 讨论寒冰一夏虫,渐从文轨辨殊风。
> 夜兴凤寐民称便,女倨男恭礼所崇。
> 偶有朔朝逢月满,或瞻南极认天中。
> 惟余一物终难贬,囊有黄金处处通。

作者对殊方异俗的白描,迟睡晏起的夜生活,Lady First 的礼节,阴历与阳历的差异,地球南北不同的天象,凡此种种,均与中国有别,唯一不变的是"金钱万能"。这种表象的描写尽管肤浅,蕴含其中的对世界认识的变化却是深刻的。

从见识狭隘、"不可语冰"的"夏虫",到走出国门、了解世界的通人,是中国近代知识分子的普遍经历。孙宝瑄讥笑梁启超舌端笔下不离"中国"二字为思想陈旧,正表明在中国变小的同时,世界却在近代人眼中变大了。借用黄庭坚"夺胎换骨"的老办法,而以新世界、新思想夺之、换之,何愁没有"新意境"?

马君武说得好:"须从旧锦翻新样,勿以今魂托古胎。"(《寄南社同人》)

(原刊《读书》1990 年第 12 期)

"娶妻须娶……，嫁夫当嫁"
——近代诗歌中的男人与女人

中国爱情诗的传统可谓久矣，《诗经》以还，代有作者。文人和妓女调情不必顾忌，尽可公开写入"赠××校书"诗中；而一旦对其他好人家女子动了真情，却要瞒人，诗写得吞吞吐吐，云遮雾罩，让人摸不着头脑。照例这些诗也要隐去真名，或曰《无题》，或曰《本事诗》，花样繁多。其中原也有个分别：谢安东山携妓，是千古文人艳羡的风流佳话；而倘若携的这位女子非妓亦非其大妇小妾，则对于男、女双方的名声都大有关碍。并且，自从屈原发明了"美人""香草"的比喻，历来诗中的"美人"是真是假，是淑女还是贤君，就很让人费心。有隐情的爱情诗正好可以蒙混过关。李商隐就占了这个便宜，一点私情反而化为公谊，往往被认作寄托遥深。

中国的男女关系不正常，在诗中表现出来也不正常。现实生活中是男尊女卑，写到诗中，"美人"倒成了国君、君子这些可尊可敬的男性的代称。以夫妇关系喻君臣关系，确是中国诗人的创造。大约男女之爱是发之至情，兄弟、朋友间总要隔一层，因此，非如此作比，不能显出忠君爱贤的出乎天性，不可转移。

近代以来，情况发生了变化。欧风美雨的侵袭，摇撼着传统的伦理观念。不仅提倡男女平权、妇女解放，使男女之间的交往自由了，贞操、名节观念淡薄了；而且，以国家思想辟"知有朝廷而不知有国家"的旧意识之谬误，也使君臣之间的依附关系松弛了。于是，人们的感情有了新的表达方式。

古代读书人的生活理想是"红袖添香夜读书"，有个美妻娇妾在旁侍候，看起书来别有情趣；而晚清知识分子的生活理想，则以梁启超所向往的"红袖添香对译书"（《纪事》二十四首）最富代表性，相对译书，已是一种平等的精神交流。并且，女子而能帮助男子译书，所接受的显然不再是传统文化教育。相对于《红楼梦》中宝玉与黛玉的恋情无法明言，只好借两人一起偷读《西厢记》来点破，这时青年男女谈恋爱，既不必偷偷摸摸，所读之书也别是一种。

高燮的《新体艳诗》写得俏皮,却很传神:

少小嗜说部,腹中知几许。

一笑投郎怀,同看《茶花女》。

要表达爱情,恋人们选择的媒介已是当时流行的法国小说《巴黎茶花女遗事》,而不是六百年前的中国曲本《西厢记》。显然,近代人的感情更接近于马克和亚猛,而非其祖先张生与崔莺莺。

此时,在现代国民心目中,君王既不足以爱,要爱就爱国,令诗人们思慕不已的"情人"也就成了"祖国"。高旭写于1907年的《漫兴》四首,副题即为"思我最爱之祖国也",正是把国家当作情人来爱:

容姿怨憔悴,忆君沈沈病。

一日十二时,碧桃花下等。

明月舞婆娑,空庭悄回首。

一步万徘徊,禁得人消受?

在苦恋中，诗人有一种不被理解的寂寞感：

> 我相思为他，他相思为我。
> 他竟不相思，我更相思苦。

这真是诗人心底的大悲哀。虽然如此，诗人并不弃此他顾，而是以更执着的相思来回报。这种浓烈的爱国感情，可以和屈原的"陟升皇之赫戏兮，忽临睨夫旧乡；仆夫悲余马怀兮，蜷局顾而不行"相媲美。

周瘦鹃的《新情歌》八首，被郑逸梅先生赞为"寓爱国思想于秾辞艳语中"（《南社丛谈》），也和高旭之作运思相近，只是那情调更悲壮：

> 阿侬有情人，情人即祖国。
> 侬愿为国死，死后有愉色。

> 嗟我国无人，日蹙地百里。
> 死无葬身土，愿葬郎心里。

为国献身与以身殉情两种感情缠绕一起，给人的感觉，用当时评价艳情作品的套语"哀感顽艳"来形容，倒是颇为恰当。不过，《新情歌》中的情人身份并非始终不变，如以下两首诗：

> 郎本爱国者，忍使国蒙耻？
> 弹丸掷与郎，算妾相思子。
>
> 送郎从军去，迎郎奏凯回。
> 取彼敌人血，同醉珊瑚杯。

这个"郎"无疑是位热血男儿。而以"弹丸"代替"红豆"，要和情郎一起"笑谈渴饮匈奴血"，这位女子也可算得巾帼英雄了。

事实上，当时确有不少人所追求的理想女性就是巾帼英雄（或曰"英雌"）。柳亚子有两首诗，题目即作《梦中偕一女郎从军杀贼，奏凯归来，战瘢犹未洗也，醒成两绝纪之》。其一曰：

> 梦回瑶想一惺忪，突兀何由见此雄？
> 最是令人忘不得，桃花血染玉肌红。

无独有偶，张昭汉女士也曾"梦仗剑诛某民贼"，醒后作《秋夜书感》，诗云："花魂惨澹香弥永，剑影依稀血未干。"柳亚子梦寐以求的"女侠"与张昭汉梦想实现的自我，和高旭在日本隔海相思的"金闺国士"应是同一类人：

> 手折芙蓉慰所思，夜深露冷倚阑时。
> 征人眠食原无恙，报与金闺国士知。
>
> （《游爱宕山》）

"国士"为国之精英，本是一个很高的期许。女子而谓之"国士"，当得起这个称号的，古来没有几人。而近、现代之交的女子偏多奇情伟志，于是往往以"女英雄"自许、许人或为人所许。

秋瑾可算得名副其实的女英雄，其诗每说"漫云女子不英雄"，"我欲只手援祖国"，一种当仁不让、舍我其谁的救国意识喷薄直出。《黄海舟中日人索句并见日俄战争地图》一诗最见其精神：

> 万里乘风去复来，只身东海挟春雷。
> 忍看图画移颜色？肯使江山付劫灰！

浊酒不销忧国泪,救时应仗出群才。

拼将十万头颅血,须把乾坤力挽回。

其挚友徐自华最了解她的志向,《送别璇卿妹》诗云:

何妨儿女作英雄,破浪看乘万里风。

惊醒同胞二万万,仗君去作自由钟。

这种意气飞扬的诗句与英雄意识,在古代闺秀诗中难得一见。

不独秋瑾这样的革命党人有此情怀,即使政见与之对立的改良派人士中,也不乏英豪之女。梁启超游檀香山,就遇到一位华侨女子何蕙珍,其父为当地保皇会会友,本人喜谈国事,倾慕梁启超。为此一段因缘,梁启超特作《纪事》二十四首,极称其"不论才华论胆略,须眉队里已无多",描写其意态为"眼中直欲无男子,意气居然我丈夫"。这样一位"权奇女丈夫",当时颇令梁启超动心,并写信向夫人李蕙仙坦白自己"由敬重之心,生出爱恋之念来,几于不能自持"。

时代风气确实与古不同了,不是英雄爱美人,而是英雄爱"英雌"。梁启超记述初遇何蕙珍时，并不见出色，而且"见其粗头乱服如村姑，心忽略之"；交谈之下，明其才、志，始大为敬佩。高旭新婚，马君武赋诗贺之，起首即曰：

娶妻须娶意大里，嫁夫当嫁英吉利。
我读欧史每怀疑，知是英雄欺人语。

作者更赞赏的是高旭与何昭这一对志同道合的中国夫妻：

我祝高剑公，并祝剑公妇：
澄清天下先一空，改革社会双联臂。

（《贺高剑公新婚》）

这种贺词很像后来的"革命到底"一类的祝语，突出的是婚姻的政治基础，而明显区别于"白头偕老"的传统套话所祝福的婚姻的稳固性。

马君武对欧洲人娶妻嫁夫的婚姻标准表示怀疑在先，随后，其友高旭作了一组诗，正好能够回答有关理想夫妻的问题。诗题为《报载某志士送其未婚妻北行，赠之以诗，而诗阙焉，为补六章》。该诗很能反映出当时一班革命志士

的恋爱观,实属难得;并且,六章在感情上联贯发展,不容分割,故全部照录:

仗卿演出大风潮,东亚虚无帜特标。
左手快枪右炸弹,行看指日翦天骄。

革袋风腥触鼻酸,长途万里报平安。
归来说是蚩尤血,倾入杯中饮合欢。

娶妻当娶苏菲亚,嫁夫当嫁玛志尼。
漫说金闺无国士,黄金铸像古来稀。

万一屠鲸事不成,女儿殉国最光荣。
后先我亦终流血,肯向温柔老此生!

歌成易水赴沙场,始信裙钗有侠肠。
此后国旗扬异采,黄龙摘去绣鸳鸯。

无情风雨落花红,敢恨佳期败乃公!
绾就同心坚俟汝,灵山他日笑相逢。

全诗假一男子之口，祝其未婚妻行刺成功，不成则愿其舍身成仁，古来曾有过这样慷慨悲壮的情诗吗？而诗中所写的玛志尼（意大利民族解放运动领袖）、苏菲亚（指挥暗杀沙皇亚历山大二世的俄国民粹派女革命家）一类人物，确乎是其时中国男女志士心向往之的典范。

其实，崇拜玛志尼的不单是革命派，后来作《意大利建国三杰传》时更推崇加富尔（曾任意大利首相）的梁启超，流亡日本之初，也对玛志尼极为钦慕。《壮别》二十六首是他1899年底去夏威夷一路所作，其中"再示诸门人一首"，即有"变名怜玛志，亡邸想藤寅"之句，把玛志尼和日本明治维新的先驱吉田松阴对举。而就政治主张看，梁启超显然不属于前者所代表的激进派，而应该更倾向后者。事实上，吉田松阴的确一度成为改良派的偶像，梁启超为表示对他的景仰，日文名特意取为"吉田晋"；康有为也写过一首长诗《读日本松阴先生〈幽室文稿〉题其上》称美其人，末云："诸夏愧无士，东国存斯文。"这"诸夏无士"原是除外他本人的，因为诗注便很以日人誉他为"中国之松阴"而得意。同样，革命派中人如高旭也仰慕吉田，曾用康有为原韵作过一首诗，歌颂吉田松阴的牺牲精神。后来因政治嫌隙，出版《天梅遗集》时，故意隐约其辞，诗题为《题日本松阴先生〈幽室文稿〉即次其韵》。而对外国志士不拘政治派别的一致认同，正表现出一个时代公认的"模范"确实存在。

树为楷模的外国女杰也分属不同类型。"南社灵魂"柳亚子先生1907年约高旭、陈去病、刘师培等人在上海酝酿结社之时，便以"慷慨苏菲亚，艰难布鲁东"比美座中群贤，也表现出对两位无政府主义先驱的敬仰。无政府主义作为反抗封建专制的思想，在晚清革命党人中曾极为流行，并成为"革命者"的代称，对苏菲亚的尊敬因此不难理解。

受推崇的外国女性还有罗兰夫人，其名在当时的诗中屡屡提及贺人结婚，则曰"平生意气羞黄金，买丝欲绣罗夫人"（高旭《贺某友结婚》）；为人题照，则曰"民权鼓吹收功日，又见罗兰劫后身"（文灰《罗女士绮兰以小照索题即赋》）；赠人诗篇，则曰"识君戎马纵横日，疑是罗兰与木兰"（殷仁《赠郑璧女士》），"壮怀虽未尽生平，志则苏、罗同授受"（雷铁厓《槟榔屿赠别某女士》）。后二诗更把罗兰夫人与中国古代女英雄花木兰及俄国虚无党女英雄苏菲亚相提并论，其人究竟为何许人也？时人对这个名字可能比较陌生，而晚清知识分子之中，则无人不知其大名。罗兰夫人是法国大革命时期温和的吉伦特派的领袖，由赞成革命到反对激进的雅各宾派，最后终于被革命政府处决。资产阶级革命派所领导的南社接受罗兰夫人，似乎是一个历史的误会，而这个误会是由梁启超的《罗兰夫人传》造成的。这篇传记在当时是为人传诵的名文，尤其开篇一段文字，凡读过此文的人，几乎都会背诵：

> 罗兰夫人何人也？彼生于自由，死于自由。罗兰夫人何人也？自由由彼而生，彼由自由而死。罗兰夫人何人也？彼拿破仑之母也，彼梅特涅之母也，彼玛志尼、噶苏士、俾士麦、加富尔之母也。质而言之，则十九世纪欧洲大陆一切之人物，不可不母罗兰夫人；十九世纪欧洲大陆一切之文明，不可不母罗兰夫人。何以故？法国大革命，为欧洲十九世纪之母故；罗兰夫人，为法国大革命之母故。

其文为人熟知的程度，甚至在以策论代八股考试后，还流传过这样一则笑话，说某生作文曰，拿破仑与梅特涅一母所生，而一为民权之先导，一为民权之蟊贼云云，便是从此脱化而来。

最可惊异的是，在外国女英雄的行列中，还包括《汤姆叔叔的小屋》(林纾译为《黑奴吁天录》)的作者斯陀夫人(Harriet Beecher Stowe)。高旭作《女子唱歌》，即称赞她与罗兰夫人"批茶女，玛利侬，彼何人，竖奇功"，痛惜中国"谁为女英雄？我泪欲红"；在《桃溪雪题诗》中，他更把斯陀夫人与拯救法国的女英雄圣女贞德并列：

却敌安民代借筹，热心为国死方休。
若论世界女菩萨，贞德、批茶是一流。

这种对斯陀夫人的理解，确非现代人所有。晚清人看重的不只是斯陀夫人反对奴隶制的政治态度，更赞赏她以一位作家而最终改变了黑人的命运。报刊上对她的介绍也偏重此一方面：

当十九世纪，美洲有名女子，以一枝纤弱之笔力，拔无数沉沦苦海之黑奴，使复返于人类，至今欧美人啧啧称之为女圣者，则批茶女士是也。(录自《新民丛报》第12号)

《汤姆叔叔的小屋》既然被认为是美国南北战争爆发的原因之一，晚清人也有理由把"女圣"与"圣女"平列，为知识妇女提供两种不同的救世榜样。

近代英雄儿女的悲壮情怀，在高旭"才人剑气美人虹"（《题叶中泠袖海集》）的诗句中得到了高度体现。抚剑长叹不再只是有志男儿发抒"英雄无用武之地"感慨的标准动作，其时的女子诗中也每见此类描述。古代闺秀诗人虽多，却从未有人像秋瑾那样对刀、剑如此迷恋。在幸而留存的《宝刀歌》《剑歌》等多篇诗作中，她反复咏唱"宝刀侠骨"，借以抒写自己的一腔救国壮志。咏之不尽，又摄一持剑小照，这成了秋瑾最为人熟悉的形象。而"不爱红装爱武装"的非止秋瑾烈士一人，陈家杰女士自誓以身报国，也以"燕支不买买龙泉"（《酬家兄可毅见寄原韵》）明其志；张昭汉女士的"愁去吹箫咽孤鹤，狂来击剑舞潜虬"（《辛亥暮春书感二律》），则把古代文人"剑态箫心"的理想人格移植到自己身上。高旭作一幅《花前说剑图》，黄颖传也作一幅《绮窗看剑图》，高旭为之题诗曰：

兰闺忽起大王风，双烛高烧分外红。
匣里龙泉闲不得，嫁将夫婿本英雄。

看刀说剑之人不一定真的作出英雄壮举,却着实改变了历来女子诗风纤弱的旧态。

英雄儿女的遇合自是人间幸事,像高旭遇到了何昭这位"金闺国士",夫唱妇随,"渠侬击剑我吹箫"(何昭《题钝剑花前说剑图》),当然不妨朗吟"爱国无妨兼爱花"(《自题花前说剑图》),风云之气与儿女之情无一放弃;而不能结合的英雄儿女也并不羞于言情,甚至还是人间情种,不过因"我爱佳人尤爱国"(吕志伊《叠再次某女士韵》)、"早岁结婚惟嫁国"(马君武《惜离别赠陆女士》),为救国不得不舍弃了一己之私情。但无论哪一种情况,都表现出对女性的尊重,不成婚姻,即成知己。

女子的自强意识与尊重女性的风气,是一种新的时代风尚。梁启超自觉克制对何蕙珍的爱情,主要的原因就是"一夫一妻世界会,我与浏阳(谭嗣同)实创之。尊重公权割私爱,须将身作后人师"(《纪事》二十四首),这是一种古人不可企及的思想境界。新风尚的形成还有一种实在的缘由,即对"国民之母"的期望。要求建立"新家庭",是因为"人群进化基婚姻","新眷属造新社会"(高旭《贺某友结婚》);主张实行女子教育,是由于"顿令女界发光彩,国民之母端其基"(张素《参观金坛毓秀女校作》)。既然女子的责任不只在生儿育女,更在培育出新社会的国民,其使命岂不伟哉!

(原刊《读书》1989年第1期)

是真名士自风流
——同光体诗社与南社

柳亚子的话几乎是一锤定音:

> 从晚清末年到现在(柳文作于1944年),四五十年间的旧诗坛,是比较保守的同光体诗人和比较进步的南社派诗人争霸的时代。(《介绍一位现代的女诗人》)

新中国成立后出版的文学史及研究论著,基本都准此为南、北两派诗人定性,而且变本加厉,拔高为"革命"与"反动"之分别。

从参加者的政治面目看,南社中人多为同盟会会员,其中还有黄兴、宋教仁这样著名的国民党革命领袖;而同光体诗人于清亡后大多做了遗老,甚至出了郑孝胥这个曾任伪满洲国总理的汉奸。两派的清浊,似可一目了然,"革命"与"反动"的性质,似乎也无疑问。

不过,事情并不如此简单。若说败类,厕身南社的汪精卫更是臭名昭著;而同光体诗人陈衍与郑孝胥绝交,则显示出民族气节。因此,就总体倾向看,柳亚子之说确为不刊之论,措辞中"比较"二字用得极有分寸。

况且,自称"南社没有了柳亚子是搅不起来的"南社盟主柳亚子,一直对过高评价南社不以为然,不但因"捧南社的讲它是如何有功于革命"而"颇有些赧颜"(《致曹聚仁书》),甚而说:"总之,南社的内容,实在是很复杂的。讲它反封建,反古典,怕也并不尽然呢?"(《我对于南社的估价》)当然,亚子先生对胡适以"淫滥"二字评南社也不服气。南社在清末民初文坛上确起过进步作用,占有重要地位,这点毋庸怀疑,只是拔高失实大可不必。

"同光体"诗人也实在并非始终腐朽没落的一群。如陈三立、陈衍,在戊戌变法中都有甚佳表现。陈衍著《戊戌变法榷议》十篇,主张维新;陈三立则襄助其父陈宝箴在湖南率先实行新政,多所筹划。二陈诗也并不全是流连风景、自诉幽怀之作,不时还流露出对国事的忧虑与对朝政的不满。参与同光体诗社活动的赵熙,任御史时曾上书弹劾庆王奕劻等权贵,并请为"戊戌六君子"昭雪。奏章虽留中不报,然而声名远播。梁启超在日本闻知,特意纳交寄诗,称赞其"谏草留御床,直声在天地"(《庚戌秋冬间因若海纳交于赵尧生侍御……》)

此派诗人最为人非议之处,包括其结诗社的办法,"遇人日、花朝、寒食、上巳之类,世所号为良辰者,择一目前名胜之地,挈茶果饼饵集焉,晚则饮于寓斋若酒楼。分纸为即事诗,五七言、古近体听之。次集则必易一地,汇缴前集之诗,互相评品为笑乐。其主人轮流为之"(陈衍《石遗室诗话》)。不消说,一顶"无聊文人"的帽子起码跑不掉。而在社中人,也许并不如此看。赵熙之子赵元凯、赵念君即持议不同,认为:

当时清政日非,借立宪之名,行专制之实,引起朝野人士不满,尤以汉族中下层官员及清流人士,呼吁论责更力。诗社之创立,实基于此,决非徒事游宴吟咏而已。社中不仅无亲贵参加,亦无满人,而所作诗篇,多涉及时事,足以见其宗旨。

并明确肯定,诗社"实以文酒之会而清议时事"(《香宋诗钞》)。又举奕劻、载振父子专权,直隶总督陈夔龙之妻认奕劻为父,安徽巡抚朱家宝之子认载振为父,巴结权贵,寡廉鲜耻,赵熙有诗讽之,便是极端的一例。该作为宴集广和居题壁诗,句云:

也当朱、陈通嫁娶,本来云(朱为云南人)、贵(陈为贵州人)是乡亲。

莺声呖呖呼爷日,豚子依依恋母辰。

可谓冷嘲热骂,辛辣之至。

清议时政自是中国知识分子的传统,也见出清流名士的身份,不必多说。既结诗社,势必要择良辰美景,以助诗兴,也是情理中事。诸般表现,证明这些诗人旧习气很重,与南社主张革故鼎新不同,而志在补偏救弊,清亡后才会甘心以亡国大夫自居。笔者无意抬高同光体诗社的历史地位——文人议政,本来往往是毫无结果,当局者尽可置之不理——不过想指出它还有并不太"反动"的另一面。

同样,作为鼓吹革命的文学团体,南社也有与我们今天所理解的完美无缺的革命性不尽相合的一面。

明代末年,江南文士即有反对权奸、提倡名节的结社之举，著名的如复社、几社。南社继承了其政治色彩，在以诗文会友之中，隐含反清革命的宗旨。诗歌中激烈的民族情绪、慷慨豪壮的格调，均一时无敌。如柳亚子诗云：

> 滚滚胡尘黯四方，忍看鳞介易冠裳！
> 最难义侠求沧海，如此河山对夕阳！
> 海血千秋侪武穆，复仇九世重齐襄。
> 锄非两字分明记，耿耿精灵倘未亡。
>
> （《吊刘烈士炳生……》其四）

不可想象，同光体诗人笔下会有此等语句。

同光体诗人以学宋相标榜，其得名即在"同光以来诗人不专宗盛唐者也"（《石遗室诗话》）；南社掌门人柳亚子论诗却宗法三唐，宣称："余与同人倡南社，思振唐音以斥伧楚。"（《胡寄尘诗序》）矛头直指"同光体"。然而，尊唐、尊宋，社中人意见并不统一。如胡先骕、闻宥都能赏识"同光体"的好处，朱玺更声称："反对同光体者，是执蝘蜓以嘲龟龙也。"于是大吵，终以柳亚子在《民国日报》及《南社丛刻》上刊登驱逐朱玺出社的启事了结。柳亚子后来对此事很后悔。而论及他反对宋诗的缘由，则有政治背景。郑逸梅先

生说得透彻:

> 细细分析一下,那唐宋诗之争,是封建的旧思想,和革命的新思想之争。当时崇尚宋诗的,大都推尊同光体,而同光体的诗人,什九是一班遗老,……亚子反对遗老,进一步反对同光体,更进一步,并整个宋诗都在反对之列。实则反对宋诗,就是反对同光体的诗人,反对同光体的诗人,也就是反对一系列的封建陈腐的残余渣滓,那是民族矛盾和阶级矛盾所引起的。

柳亚子也承认,他本人对宋诗并无仇怨。因而,南社内部的唐、宋之争,原不是纯粹的文学论争;所持的文学主张,也有很大差异。

南社第一次雅集,虽在苏州虎丘的张东阳祠,借起兵抗清的明代臣子张国维之灵,以示提倡民族气节,不过,在起初拟定的《南社条例》中,入社条件只有含糊其词的"品行文学两优"。直到1914年第十次雅集,修改后的条例才明确写入:"本社以研究文学,提倡气节为宗旨。"这已在辛亥革命以后了。

因南社社员散处各地，不及陈衍、赵熙等同在北京来得方便，"故定于春秋佳日，开两次雅集"（《南社条例》）。地点除初次的苏州虎丘张东阳祠、第二次的杭州西湖唐庄，余者都在上海的张园、愚园、徐园及半淞园，数处俱为沪上佳境。革命志士也爱良辰胜景，本是人同此心，无可非议。

而每次雅集的节目，以第四次为例，顺序是：(1) 午餐（愚园杏花村）；(2) 收雅集费（每人三金）；(3) 摄影；(4) 报告；(5) 补收入社书、入社金；(6) 谈话；(7) 晚宴（四马路麦家圈大庆楼）。最后的晚宴，常常要喝得大醉，如第二次雅集在杭州聚丰园大喝一顿，柳亚子就记之为"宿酒未醒，加以新醉，文人雅集，如是而已"（《南社纪略》）。节目中唯一正经的是"报告"，而内容想来也是关于社务例行工作的居多。南社老人包天笑说得更简单：

> 这个南社的组织，既无社址，也没有社长，每逢开会，不过聚几个文艺同志聚餐会谈而已。（《钏影楼回忆录》）

这又是和北京诗社的旧诗人不谋而合。只是南社聚餐多在西菜馆,而北派人物多自备茶点。

南社社集,同人之间亦有酬唱。其中不乏忧国救世之句,自是志士语,但也带有名士习气。如第二次雅集,柳亚子以"三月朔日,南社同人会于武林,泛舟西湖,醉而有作"为题,成《金缕曲》一阕:

> 宾主东南美。集群英,哀丝豪竹,酒徒沉醉。指点湖山形胜地,剩有赵家荒垒。只此事从何说起?王气金陵犹在否?问坐中谁是青田子?微管业,付青史。大言子敬原非戏。论英雄安知非仆,狂奴未死。铁骑长驱河朔靖,勒石燕然山里。算才了平生素志。长揖功成归去日,便西湖好作逃名地。重料理,鸱夷计。

作者自己说是"一腔热血,无地可洒,写到旧小说上面去,便是宋公明浔阳楼上的反诗了"(《南社纪略》),诚然不假;而功成身退,学范蠡泛舟五湖而去,则非先作名人,不得预为"逃名"计。余一在《五月九日南社雅集海上愚园云起楼次芷畦韵》中,也直以"名士"许南社同人,曰"寥廓乾坤名士泪"。

名士风流的派头,在南社的社中社"酒社"社友身上

更足。1915年,"酒社"成立于柳亚子的家乡吴江黎里,自署"神州酒帝"的顾无咎还专门作了一篇《酒社启》:

> 风景不殊,河山已异,腐鼠沐猴,滔滔皆是。洁身自好之士,辄欲遁迹糟窟,以雪奇恨,此酒社之所以作也。时维中秋佳节,丹桂香飘,招集鸥盟,觞于吾里。踏灯秋禊桥畔,泛月金镜湖头;结一段因缘,留它年佳话。同心可证,芳躅非遥已。此启。乙卯八月五日。

酒社共集会十三次。每集必有诗。一面借酒骂政,以宣泄对国事的忧愤,如云:"豺狼当道悲民主,狐鼠乘权丧国威"(陈洪涛《酒社第二集分次亚子、悼秋韵》其二),"蹈海鲁连能骂帝,揭竿陈胜耻为氓"(吴家骅《酒社第一集次亚子韵》),即系痛斥袁世凯称帝;一面又借酒逞狂,以倾吐胸中的一团豪气。顾无咎《酒社第一集次亚子表叔韵》便是满篇大言:

> 兰芷飘零萧艾蔓,江山如此奈群氓。
> 座中我是高阳帝,眼底谁为阮步兵?

长对尊罍容啸傲，别开世界尽纵横。

伫看柳永编青史，酒国拚垂万世名。

自称"酒中仙"的李白愤慨世事无能为，故云："古来圣贤皆寂寞，唯有饮者留其名。"（《将进酒》）酒社同人可算得其真传。顾无咎所谓"折一角巾皆雅士，扫千杯酒尽狂奴"（《酒社第七集》），正是社中人的传神写照。而合"雅士"与"狂奴"二者为一，非名士莫属。柳亚子"疏狂便合称名士"（《酒社第二集》）已申明此意，证明酒社成员确以名士自居。

"是真名士自风流"。南社中名士多，风流韵事自然也多。最有名的是以柳亚子为首的"冯党"，专捧新剧演员冯春航。冯春航也列名南社，曾主演《冯小青》《血泪碑》等戏。南社第一次雅集，他正在苏州演戏。柳亚子、俞剑华等人一见倾倒，"天天喝醉了老酒，便去捧场"。后来，《民声日报》文艺版有"上天下地"一栏，柳亚子"曾借作捧冯的地盘"，被庞树柏打趣作"独有吴江柳亚子，上天下地说春航"。他更集合社友的题咏之作，成《春航集》。其《磨剑室诗集》中为冯春航所写之诗也不下三十余首。不但因冯赠以小照，而赋诗曰"相思十载从何说？今日居然一遇君"（《访春航寓庐奉赠一律即题其见惠小影》）；而且结想成梦，留下"惊回绮梦有灯知"的《梦春航》诗。冯党之举也有社中同人反对,如烈士陈子范即以"玩物丧志"切责柳亚子《春航集》之作。但这毕竟是极少数人。而多数"朋侪争诩为美谈"（柳亚子《剧场感旧两绝》自注）,誉为"并世风流推教主,少年时辈让才名"（陈无名《题春航集寄亚子》）,则可以窥见社中风气。仿《春航集》,柳亚子还为陆子美出版过《子美集》。南社内讧,驱逐朱玺,也与有人假朱玺之名,在《中华新报》上作诗攻击柳亚子"少年美貌,和冯春航、陆子美如何如何"（《南社纪略》）有很大关系。

实在说来,捧冯春航,固然因其新剧寓有新意,说得好听,就是支持戏剧改良;而更主要的动因,还在柳亚子等人的名士心态。旧时代,演员若想唱红,很大程度上要靠名人捧场揄扬,"捧戏子"也就成了晚清名士的一项常课。柳亚子等人的"冯党",也是时尚的反映,虽然在"党人"心目中,还含有"南北斗争"的政治用意,因此故意贬低北方演员贾璧云、梅兰芳。

说到名士习气,南社三巨头之一陈去病的行事也是好例。包天笑先生在《钏影楼回忆录》中忆及,陈去病居上海时,每晚必至福州路一妓女花雪南家住宿,甚至在此写文章、通信。而其"志不在花雪南,从未与染,乃借她的房间，作为会客之所。凡是熟朋友，要访佩忍，晚间至花雪南处，必可见到"。这是因为上海妓家的规矩，有客则房间门帘垂下，生客无论何人，不得擅入。所以包老先生指认，"当时上海一班有志之士，高谈革命，常在妓院门帘之下，比了酒家、茶肆、西餐馆，慎密安适得多"。作为包房的酬谢，逢年过节，陈去病就要邀一批朋友到这儿"吃花酒"。1913年，南社部分同仁雅集北京崇效寺，陈去病作有《都门崇效寺立夏得两绝》，也很能表现其精神：

十年革命老同志，一夕重逢宣武门。

聊与闲游过萧寺，美人清酒尽消魂。

（其一）

把"革命老同志"和"美人清酒"组织在一首诗中，足见风流倜傥之态。

不独陈去病，南社中人多有此态。社友相聚，不乏借妓家宴集者。如高旭即因马骏声之邀，写有《小进招谦花艇，醉后有作》诗，中称：

才人每以花为命，长夜何妨酒再温。

也以美人与清酒组句。高旭、陈去病的爱花爱酒，用陈子范的说法，即"是大英雄大好色"（《题钝剑花前说剑图》）。这话却不能反过来说，英雄可以好色，好色不一定即为英雄。英雄毕竟不数见，做不成"大英雄"的情种，于是便做了"真才子"。鸳鸯蝴蝶派作家如徐枕亚、周瘦鹃、包天笑、刘铁冷、陈蝶仙等人俱出自南社，实非偶然。

南社中人也有不少步入政界，但整个南社的风气，"只是'诗的'而不是'散文的'"，"南社的文学运动，自始至终，不能走出浪漫主义一步"。这是曾经加入"新南社"（南社后身）的曹聚仁先生1936年在《纪念南社》一文中的持平之论。而所谓"诗"，所谓"浪漫主义"，都可概括为名士风度。曹先生指为南社文学的缺点，确乎不错；不过，还可以补充一句，就是风流人物辈出的南社，本身正是浪漫时代的产物。

从北说到南，我只想表明，两派诗人虽然在政治观念、诗歌风格上存在巨大差异，有一点却是共同的，这就是名士风流。或者更精确地概括为：北派的"风流儒雅"与南社的"风流倜傥"。

（原刊《文艺研究》1989年第1期）

(附) 东山雅会让脂粉
——《红楼梦》与清代女子诗社

读过《红楼梦》的人，大概都不会忘记大观园中的"海棠诗社"。曹雪芹在第三十七、三十八回中费了许多笔墨，描述结社缘起及头两次诗会，直到七十六回"凹晶馆联诗悲寂寞"，延续了整整四十回的诗社活动才告了结。就全书的构思看，曹雪芹固然有诸多考虑，例如展示"几个异样女子"的才情，在情节的连贯上穿针引线、推向高潮等等；不过，即使从时代风尚探究，"秋爽斋偶结海棠社"一事也绝非偶然。

大观园这个小社会虽是艺术虚构，却不是与世隔绝。曹雪芹年少时曾在扬州、南京等地生活过，这段经历在《红楼梦》中也留下了痕迹，小说便反映了不少南方的社会风习。比较看来，江南风气较为开通。特别是富庶的江浙一带，女子于相夫课子之暇，也能以词章播名艺林。明代末年，江南女子已有姐妹、母女、婆媳一门皆诗的风雅之事，如叶绍袁之妻沈宜修及三女叶纨纨、叶小纨、叶小鸾便是著名的一例。"长幼内外，悉以歌咏酬倡为家庭乐"（叶恒椿《午梦堂集·识语》），其作品统由叶绍袁汇刊入《午梦堂全集》，广为流传。到了清代，此风益炽。康熙年间成书的《全唐诗》及乾隆皇帝授意编定的《御选唐宋诗醇》，表现了最高统治者的嗜好。而康熙、乾隆数次南巡，士子们投其所好，由献诗得官者不乏其人。上有所好，下必甚焉。影响所及，闺中也诗才辈出。据胡文楷先生《历代妇女著作考·自序》所言："清代妇人之集，超轶前代，数逾三千。"数量之多，可谓空前未有，极一时之盛。而诗集作者也多集中在江南。

吟诗作为一种时代风尚流行开来，清代女子便不再满足于一家一户自我娱乐的唱和，而希望有交流、竞争的机会，于是同里女子的结诗社之举应运而生。

康熙年间，杭州出现了由顾之琼招诸女发起组织的"蕉园诗社"。《国朝闺秀正始集》记此事曰：

> 亚清（按：即林以宁）……与同里顾启姬姒、柴季娴

静仪、冯又令娴、钱云仪凤纶、张槎云昊、毛安芳媞倡"蕉园七子之社",艺林传为美谈。(卷四)

"蕉园诗社"还带有从家庭吟乐脱化而来的遗迹,七人之中,林以宁是顾之琼的儿媳,钱凤纶是其女。《国朝杭郡诗辑》对当时"蕉园诗社"的活动曾有记载:

是时,武林风俗繁侈,值春和景明,画船绣幕交映湖漘,争饰明珰翠羽、珠髻蝉縠以相夸炫。季娴独漾小艇,偕冯又令、钱云仪、林亚清、顾启姬诸大家,练裙椎髻,授管分笺。邻舟游女望见,辄俯首徘徊,自愧弗及。(卷三十)

读此,可以想见其风流儒雅之状。现存社中人诗文集,如林以宁的《墨庄诗钞》、钱凤纶的《古香楼集》,都还留有冯娴与柴静仪的评点。

乾隆年间,在苏州地区又出现了以张允滋为首的"清溪吟社",规模更大。张允滋"与同里张紫蘩芬、陆素窗瑛、李婉兮姚、席兰枝蕙文、朱翠娟宗淑、江碧岑珠、沈蕙孙缵、尤寄湘澹仙、沈皎如持玉结'清溪吟社',号'吴中十子',媲美西泠。嗣又选定诸作,刊《吴中女士诗钞》,附以词赋及骈体文。艺林传诵,与'蕉园七子'并称"(《国朝闺秀正始集》卷十六)。《吴中女士诗钞》刊于乾隆五十四年,所选十人之集,集前多有社中人互相题词作序。江珠在为席蕙文的《采香楼诗集》作"叙"时,讲到了起社的原委:

> 吴中女史以诗鸣者代不乏人。近得林屋先生(按:即任兆麟)提倡风雅,尊闻清溪居士(按:即张允滋)为金闺领袖,以故远近名媛诗筒络绎,咸请质焉。

社中人虽也有若干戚谊,如张芬为张允滋的从妹,沈持玉是尤澹仙的表妹等,但关系毕竟要远些。

除十子外,与社中人诗词往还的还有一位女尼王寂居。也许是出家人不便涉身世事,王寂居并未列名诗社。不过,在尤澹仙所作的《怀人十绝句》中,除社中九位同学外,所怀的第十人便是王寂居;任兆麟作《两面楼诗稿·叙》,也提到张芬与寂居等人参禅论学事;寂居又曾为李媺的《琴好楼诗》题词;主要汇录社中人作品的《翡翠林闺秀雅集》的诗榜上,也有"王寂居拈华"之名。凡此均可见这位女尼与诗社的关系之密切。由此很容易联想到

《红楼梦》中"海棠诗社"的社外友妙玉。妙玉虽未正式入社，在凹晶馆黛玉与湘云联诗时，妙玉却突然出现，续笔作结。这个"槛外人"毕竟还是凡心不死，诗情不泯。

"清溪吟社"的诗会也确实当得起"雅集"之称。沈纕有《翡翠林雅集叙》，文不长，不妨全文抄录如下：

> 月满花香，夜寂琴畅；珠点夕露，翠湿寒烟。于是衔流霞之杯，倾华崝之宴，饮酒赋诗，诚所谓文雅之盛、风流之事者矣。况夫君子有邻，名流不杂；援翠裾而列坐，俯磐石以开襟。终譿一夕，寄怀千载。是时也，莫春骀荡、初夏恢台之交耳。乾隆己酉岁叙。

诗社活动的一般状况及女诗人的情趣于此可见。

除"清溪吟社"外，当时还有袁枚以诗相号召，广收女弟子，并辑有《随园女弟子诗》。而"清溪吟社"的同人江珠也与随园女弟子骆绮兰有诗交，骆绮兰所编《听秋馆闺中同人集》中，便收有江珠的赠诗。这些女诗人互通声气，以诗会友，对世俗偏见形成了有力的挑战。

女诗人们最不满的是"女子无才便是德"的旧说，所谓"识字为女郎之害，工诗乃当世所讥"（沈持玉《晓春阁诗稿·叙》）；于是反其道而行之，大力表彰女子之诗，大力传扬才女之名。结诗社时，心中也未尝不存着个与才士争高下的念头。顾之琼所作《蕉园诗社启》没见到，可是，江珠的《青藜阁诗稿·自叙》赞"清溪吟社"的一段话却说得非常痛快、明白，足可代一篇"清溪吟社启"：

闻道香名，人人班、谢；传来丽句，字字徐、庾。薄颂椒文思未工，陋赋茗才华乏艳。于是香奁小社，拈险韵以联吟；花月深宵，劈蛮笺而酬酢。并翻五色之霞，奇才倒峡；互竞连珠之格，彩笔摩空。接瑶席而论文，宛似神仙之侣；树吟坛而劲敌，居然娘子之军。丽矣名篇！美哉盛事！……即使须眉高士，亦应低首皈依；纵有巾帼才人，定向下风拜倒。真闺阁之雕龙，裙钗之绣虎也。

无独有偶，大观园中"海棠诗社"的挑头人探春也写过一张花笺，可视为"海棠诗社启"，其争胜对手也是须眉男子。因为"或竖词坛，或开吟社，虽一时之偶兴，遂成千古之佳谈"历来是男子之事，故探春决意自为：

> 娣虽不才,窃同叨栖处于泉石之间,而兼慕薛、林之技。风庭月榭,惜未宴集诗人;帘杏溪桃,或可醉飞吟盏。孰谓莲社之雄才,独许须眉?直以东山之雅会,让余脂粉。

其志不可谓不高。为此,"海棠诗社"中的唯一男性贾宝玉,尽管在贾政及众清客群中显得矫矫不凡,才气横溢,而在大观园的历次诗会中,曹雪芹却安排他回回落后。

诗社既以交流、竞争为目的,就要有一套特定的组织办法。《吴中女士诗钞》刊有《翡翠林闺秀雅集》一卷,可作范例。卷中录入《白莲花赋》八篇,出自八女之手,均由任兆麟加评。有趣的是,目录页还开列出评定等次,公之于众。其中"超取四名",有江珠、沈纕、张允滋、尤澹仙;还有"优取四名",包括张芬、沈持玉等。由此可以推知,雅集的一种形式是"一题分咏",以定名次。除《白莲花赋》外,各体诗也分了等,有"超取",有"优取",说明雅集也可以采取"数题分咏"的形式。再看《红楼梦》,第一次结社咏白海棠,限用韵脚字,正是"一题分咏";第二次集会咏菊,拟定十二个题目,各人任选,不限韵,"高才捷足者为尊",又是"数题分咏"。两次均由社长李纨评判优劣，酌定名次。以后的诗会还有花样翻新，或"即景联句"，或命题填词，只是都有竞赛的意思在里头。

尽管清代女诗人不乏才情，并结社联吟，颇有声势，但"数逾三千"的清代妇女诗文集，能够流传至今的并不多。其中的原因很复杂，不过，骆绮兰的说法值得重视：

> 女子之诗，其工也，难于男子；闺秀之名，其传也，亦难于才士。

这是由于女子的活动范围小，家务劳作忙，又受到礼教的约束。骆绮兰本人学诗的经历最典型。她少时从父学诗；出阁后，家道中落，废吟咏而谋生计；后又孀居，独撑门户，卖诗画为生。即使侥幸逃过了生活的重压，保留下的一点诗心仍然会横遭非议。先是怀疑其诗"皆倩代之作"，及至骆绮兰"间出而与大江南北名流宿学觌面分韵，以雪倩代之冤，以杜妄人之口"，并师事袁枚、王昶、王文治，"出旧稿求其指示差缪，颇为三先生所许可"，"于是疑之者息而议之者起矣"。一则曰"妇人不宜作诗"，一则曰骆绮兰"与三先生相往还，尤非礼"（《听秋馆闺中同人集·序》）。总之，当你证明非不能诗、诗非偷抄时，他就干脆宣布你本不应作诗，拜师学诗乃非礼之事。一棍不能置你于死地，就再加一棍，而且这后一棍更毒更狠，更难抵挡。如此，艺术生命不被扼杀已属不易，诗集、诗名流传后世自然倍加艰难。

幸好有曹雪芹的《红楼梦》细致地描述了"海棠诗社"的活动，为清代女子诗社及女诗人的才情留下了不朽的见证。

（原刊《文史知识》1989 年第 7 期）

写给别人还是写给自己
——读几部近代人物日记

记得上小学时,曾经热衷于写日记。所记不过是些不足挂齿的小事,却忘不了在日记本的扉页写上"日记日记,个人秘密"的字样,日记本也郑重其事地深藏在抽屉里,为的是不让家人看见,免得不愿被人知道的"小隐私"曝光,保留一块属于自己的小天地。这时还隐约听说,日记的神圣不可侵犯是受到法律保护的。每天记日记于是成为一种乐趣。

可没过多久,《雷锋日记》发表了,我的日记观开始动摇。雷锋做的那些好事令人感动,当时也佩服他会写出那么多传诵一时的格言,不过,读的时候,忽然发觉日记也是可以写给别人看的,不一定为自己而写。原来日记不一定属于个人秘密,可以不必保密。

一个暑假，老师规定我们每天写一篇日记，开学时，和假期作业一起上交。这次虽然坚持下来，受到了表扬——因为班里很少同学能一天不漏地写到底——但那完全是靠毅力，不是凭兴趣。实际上，这一次记日记成了一件苦差事。每天要想出一些老师可以接受的事情、观点，想不出来，就关心国家、国际大事，抄报纸，再加点评论，心里明白，塞责而已。写写给别人看的日记的滋味算是尝过了，不好受。

年渐长，见闻渐多，发现现在公之于众的日记情况并不一样。以我接触较多的近代人物日记为例：一类初心是为自己而写，后来由于各种各样的原因发表了，如吴虞的《吴虞日记》；另一类本来是为自己写的，但也出示给别人看，如孙宝瑄的《忘山庐日记》；还有一类根本就是为他人而写，如薛福成的《出使英法义比四国日记》，即系遵照清廷"出使各国大臣应随时咨送日记等件"的规定而作。后两类日记还不在少数。记日记时，心中已存着个"事无不可对人言"的原则，也许表现了其人的磊落光明，也许是心有顾忌、文网森严的反映。前者无甚可说，后者却有实例。1876年郭嵩焘出使英国时写的《使西纪程》，就因为肯定了西方文明而大受围攻，并遭到奉旨毁板的厄运。若是这样，为他人而作日记（不论是否情愿）也不无值得同情之处。当然，不写也是一种避短的办法，不过那对后世的历史文化研究损失太大。

撰写日记古已有之，只是难以考订谁是"吃螃蟹"的第一人：或说是东汉《封禅仪记》的作者马笃伯，或说是唐代《来南录》的作者李翱。不作文体学研究，倒也可以不去细究。有意思的是，古代人的日记往往是文章的一部分，因此大多以一个事件或一次旅行的始末为日记的起讫，如王秀楚的《扬州十日记》、陆游的《入蜀记》等；而《徐霞客游记》也是几次旅游的日记合订而成，不出游时则付阙。这或许是古代流传下来的日记卷册不多的原因。

到了近代，李慈铭"始以巨册自夸"（王闿运《曾文正公手书日记·序》），其《越缦堂日记》今存六十四册，从1853年到1889年，三十余年不废其事，确可佩服。《越缦堂日记》也借给人看，最后的八册日记即因李慈铭去世、借者不还而失踪，可知李慈铭记日记并非只为自己。想要留名后世的名士反为名所累，竟使巨册日记不能全帙，未免可惜。由此想到，日记或许还是写给自己看的好。

不过，这里又有新的矛盾。为自己而写的日记往往记一己之琐事微情，与史学研究者期望从中发现第一手重要的社会史料的要求相违拗；而为别人而写的日记又往往多有隐晦，抹煞或模糊了作者的真性情。明人张岱在《西湖七月半》中描述了五类看月之人，最后一类为"看月而人不见其看月之态，亦不作意看月者"。我以为，用后世人的眼光来拣选，前人日记的最高境界也是如此。记日记与看月一样，首先应成为赏心乐事，娱一己之情；被他人看到，也觉得有情趣、可援引更好，只是不要故意作出给他人看之态。

能兼顾文学价值与历史价值其实不容易，没有较高的文化修养和相当的社会交往就办不到。现在流传的日记既富史料，又经得起反复阅读的并不多，原因就在这里。而这类日记也因此多出自文化名人之手。如此推究，作者具有一定的历史地位，就成为保证日记传世的必要条件。这在近、现代人物日记的印行上，表现尤其明显。

我读日记，倒也不苛求。有因研究需要而读的，更多的是为了有趣、好玩。既非史学工作者，对资料性要求自然不高。甚至看到收录了几种日记的《庚子记事》一书，编者为突出史料价值，特意将"资料中所记生活琐事和空泛的诗词，均略为删节"，至今仍觉得颇为遗憾。这些不被史家看重的东西，在我读来，也许更有味。

我的眼光比较偏，我感兴趣的地方，别人可能会觉得毫无意思、没有价值。可我还是认为，正像作诗要讲究"诗眼"，诗才有神；看日记也要能窥破作"眼"处，方得其趣。胡适的《藏晖室日记》(1910年)，我专读他的叫局、打茶围；梁启超的《双涛阁日记》(1910年)，我专读他的斗牌；吴虞的《虞山日记》(1911—1912年)与《爱智日记》(1913—1919年)，我专读他的计算稿子发表迟速；黄尊三的《留学日记》(1905—1912年，《三十年日记》第一部)，我专读他的思乡梦及多病；孙宝瑄的《忘山庐日记》(1893—1903年，中缺四年)，我专读他的新学书目与读后感。胡适日记使我发觉，出入娼家是清末上海文化人的时髦，从而想到林纾小说写革命党在妓院谈革命(如《梅寿阳》)，未必是诬蔑不实之词。梁启超日记使我惊异，他的牌瘾如此之大，据说每天最少要打八圈麻将，却仍能毫不费力地以日成五六千言多至八千言的高速率写作，身后留下一千四百万字的著述。吴虞日记使我发现，这位"只手打倒孔家店"的老英雄对个人的文章影响极为看重，他的固执与自信见诸文字，便时有惊人之论产生。黄尊三日记使我感觉压抑，数万中国学生东渡日本求学的壮举中，竟包含着如此多的艰辛与痛苦。孙宝瑄日记使我欣喜，他认真研读新学书籍，日有所进，正好细致入微地展现了中国近代知识分子思想演进的艰难历程。

如果不作专门研究，读日记尽可凭兴趣出发，和读专著不同，不妨随意翻阅，或跳读，或倒读。一本内容丰富的日记，经得起读好几遍。像《忘山庐日记》，我起码读了四遍。

第一遍专为寻找有关梁启超的材料。看到孙宝瑄记章太炎等"戏以《石头》人名比拟当世人物，谓那拉，贾母；在田，宝玉；康有为，林黛玉；梁启超，紫鹃"等等，觉得妙不可言。他又称道梁启超的"闳言伟论，腾播于黄海内外、亚东三国之间，无论其所言为精为粗，为正为偏，而凡居亚洲者，人人心目中莫不有一梁启超"，因此为"奇人"。梁启超的影响既已遍及亚洲，则其对于国人的感召力自不待言。

第二遍是看其新学长进情况。孙宝瑄1901—1902年所读所购新书中，居然有不少诸如《男女交合新论》《普通妊娠法》《男女造化新论》《生殖器》《男女交合无上之快乐》一类性学、生理学书籍，足见晚清中国知识分子观念的开放。他对读旧书与读新书亦有妙说：

以新眼读旧书，旧书皆新书也；以旧眼读新书，新书亦旧书也。

此类精妙之论尚多，时时给人以愉悦。日记中常自夸善作论，"以义理雄"，信乎不假。

第三遍读《忘山庐日记》，是因为编"新小说"研究资料，从中查找有关材料。孙宝瑄果然与旧派文人不同，也喜读小说。旧小说如《红楼梦》《西游记》，"新小说"如《官场现形记》《新中国未来记》，以及翻译小说如林译小说多种，都在阅读之列。见识亦超卓，如说：

> 观西人政治小说，可以悟政治原理；观科学小说，可以通种种格物原理；观包探小说，可以觇西国人情土俗及其居心之险诈诡变，有非我国所能及者。故观我国小说，不过排遣而已；观西人小说，大有助于学问也。

读小说也是求学之一道，这是当时的典型说法。

第四遍是观其作日记的态度。《忘山庐日记》绝非随意之作，孙宝瑄不仅逐日记述，因病遗漏数日，愈后亦必补作，而且记日记本身已成为其整个生活的中心。客来，可以展读日记；访友，可以携日记以为谈资；闲来无事，可以"观旧时日记，饶有味"；甚至读书，也是为日记准备材料："余迩来览书，几若无可寓目者，然不阅书则日记枯索，几不能下笔，亦一苦事。"孙宝瑄很以"余之日记，可谓能耐久"自豪，从甲午年决意"每日所看之书、所历之境，苟有心得，志之勿忘"，此后日记即不复间断。没有如此执着、认真的写作态度，是不可能坚持这样长久，其日记也不可能这样耐读的。

虽然翻过几次，但我其实并没有从头至尾、一字不遗地读过《忘山庐日记》。留下未读的部分，以后若有兴致，还可以换个角度再读。

从兴趣出发读日记，也未尝无益于学问。编"新小说"资料时，见到一本《松岗小史》，作者署名"觉奴"，不知何许人也。吴虞为之作序，也未明言。阅《吴虞日记》，1915年八月初六日记有"午饭后作富顺刘长述《松岗小史序》"，即获知"觉奴"的真姓名。至于日记中记吴虞与其父结仇涉讼及买妾事，则是这位反礼教的激进分子思想矛盾的有力佐证。《藏晖室日记》记胡适因醉酒殴伤巡捕被拘留，也是胡适研究中不可忽视的插曲。《留学日记》记湖南省高等及师范学堂官费留日学生行经武昌，湖广总督张之洞要学生们行跪拜礼，遭到拒绝，便恼羞成怒，不放行；学生们亦群情激愤，"谓宁甘撤退，断不以人格牺牲"。后经调解，张之洞同意"不拘定行跪拜礼"，以学生们进见时或鞠躬、或长揖、或立正了之。张之洞号称开明、爱才，尚且如此专横，其他顽固官僚更可想而知。此一学潮在中国留学史上颇著名，正是靠亲历者黄尊三的日记，才保存下这段详情。

此数人中，记日记为自策自励的有黄尊三，其《三十年日记·自序》说得明白：

《易》曰：天行健，君子以自强不息。日记之作，意在斯乎？

孙宝瑄日记之作，也是为验证学识之进步。胡适《藏晖室日记》则有寻求精神寄托之意，其"自志"云：

今岁云莫矣，天涯游子，寒窗旅思，凡百苦虑，无可告语，则不能不理吾旧业，而吾第五册之日记，遂以十二月十四日开幕矣。

《吴虞日记》更是纯属"个人秘密"，从内容可以考知，他的日记连妻子也不得观。《双涛阁日记》恰好相反，是边写边发表于《国风报》，显然不专为自己而作。不过，由于梁启超习惯于公开袒露自己的思想意识及情感活动，其日记并不因公之报刊而有所隐匿。这在一般人就很难做到。

我之所以对这几种日记感兴趣，主要还是因为作者的不做作，不装假，能见出其人的真性情。当然，并非所有人的真性情都值得赞赏，起码黄尊三的注重道德修养，有一年的日记几乎全是每天"译格言"二三条，又自撰"励志浅语"二百则，就让我看了觉得不舒服。于是，只好跳过去了。

补记：报载《北京燕山出版社新书征订预告》，中有李慈铭《荀学斋日记》（手稿影印）一种，为《越缦堂日记》续篇，起于1889年，止于1894年，并称："此稿散佚近70年，现为第一次影印问世。"据此可知，樊增祥借去不还的李氏日记最后八册并未湮灭，仍存人间。《荀学斋日记》的出版将使《越缦堂日记》成为完璧，诚可喜也。

（原刊《读书》1988年第9期）

[附编] 日本诗纪

《芝山一笑》

数年前来东京，借寓白金台。居邻有栖川宫纪念公园，东京都立中央图书馆即附设其内。对我而言，此馆最有魅力的部分，是由原早稻田大学教授实藤惠秀先生的收藏建立的"实藤文库"。实藤先生为研究明治—清末中日关系史的名家，中文藏书亦以此见长。晚清人写作的日本游记，便是其中最有特色的品类。

我在"实藤文库"中还另有发现，这就是明治时期的汉学者石川英编辑的《芝山一笑》。当时觉得此书颇有趣，作了些笔记。但因整个文库的书均已制作成缩微胶片，未见原书，不免心中遗憾。

近来在东京大学讲学，闲暇时，也到分散在校园各处的图书馆走走。经友人提示，在东大的总合图书馆内，竟找到了一册线装本的《芝山一笑》。此书于明治十一年（1878年）8月由东京文升堂梓行。封面除"芝山一笑"与"石川鸿斋编著"的字样外，尚有一"完"字，表示为全本。内封于书名上方，分三行题署何如璋、张斯桂、石川英之名，与"日本石川鸿斋"并列的何、张，还分别冠以"清钦差大臣""同钦差副大臣"的头衔。以何如璋为首的中国使节，是清政府派往日本建立外交机构的第一批成员。除正、副二使外，使馆中的重要人物，尚有日后名声大振的黄遵宪，其时正担任参赞一职。何、黄等人的到来，改变了在闭关锁国的江户时代，崇敬汉学的日本文人无法直接向中国学者请益的局面。而"曲托贾竖，邮呈诗文于中国士大夫，得其一语褒奖，乃夸示同人，荣于华衮"（黄遵宪《日本国志·学术志一》）的旧时尚，也被亲身与清使馆人员往复赠答的新风气所取代。《芝山一笑》的题名方式，如实地反映出"爱知县平民"石川英内心的自豪。

此书正文仅二十页，共收诗七十九首，书一封，作者除石川英外，包罗了当时驻日使馆大部分有职名的成员。不妨将名单抄下：

清　钦差全权公使大臣二品顶戴翰林院侍讲学士
　　何如璋（字）子峨
同　钦差副使大臣三品顶戴候选知府
　　张斯桂（字）鲁生
同　出使随员正五品陕西省候补直隶州知州
　　沈文荧（字）梅史
同　参赞五品衔即选知县　黄遵宪（字）公度
同　神户理事正五品候选同知　刘寿铿（字）小彭
同　出使随员正八品即选教谕　廖锡恩（字）枢仙
同　出使随员正五品候选同知　潘任邦（字）勉骞
同　出使随员正八品盐课大使　何定求（字）子纶
同　增生　王治本（号）黍园
同　附生　王藩清（号）琴仙

即使在集中并无诗篇者，如潘任邦也作有一画，何定求也留下题签，显见石川之意欲求全。

书首有三序，沈文荧、王治本之外，尚有源辉声所撰《〈芝山一笑〉后序》。卷末又录入知恩院僧彻定、天德寺僧义应两篇跋，均为手书上板，只源氏之作乃请人代抄。猜想石川原来的设计，是拟以清人写序、日人作跋，大约

《芝山一笑》　　151

因源氏的地位不好安排，而临时提前。源辉声本为高崎（今群马县属）藩主，明治维新后，以华族身份移居东京。他喜欢结交中国文人，至今尚存留大批笔话原稿，整理出版的只有与黄遵宪交谈的部分，取名《黄遵宪与日本友人笔谈遗稿》。二僧人则为石川初来使馆时的同伴，由此亦引出构成《芝山一笑》主体的趣话。末后并附录了冈千仞等十位日本文友为该书题写的诗与文。其中冈氏的文章无名目，与增田贡的《小引》、龟谷行的《〈芝山一笑〉引》列出标题不同。所见之本以朱笔补题为《〈芝山一笑集〉序》，于刻本文字也有若干修正。东大图书馆所藏此书，乃大正十三年（1924）11月7日由冈百世寄赠，现有当年加盖的印章可证。而首页上端"鹿门精定藏书印"的红色印鉴，更说明此卷乃冈千仞（号鹿门）的私人藏品，则文章的修改者必是冈本人无疑。

关于《芝山一笑》的命名，王治本在骈四俪六的序中有如此说明："夫曰芝山，详其地也；曰一笑，白其诬也。"何如璋等人于1877年11月乘中国的海安兵舰前往日本，经过挑选馆舍，清使馆正式开设已在次年的1月23日。初馆于东京芝山的月界僧院，据冈千仞的修改稿，其地即在今名"增上寺"的寺院内。此寺当年占地颇广，如今也是东京都内数一数二的大寺庙。增上寺之出名,缘于其与日光山东照宫、今上野公园内宽永寺并列为德川世代将军的家庙。德川家实为明治维新以前二百余年,掌握日本最高权力的人物,其家庙之崇闳侈丽、气派非凡,在日本历史上亦为仅见。月界僧院应系其中一处分院,入居此间的何如璋虽对日式房屋的"稍湫隘"略表不满,但"院外万松森植,无嚣尘"(《使东述略》)的环境仍令其感觉愉悦。而使馆地点即为书名中"芝山"二字的来历。

石川英住居芝区芝厅门前二丁目十一番地,与清使馆相近。因而,建馆不久,石川氏即偕知恩院大教正彻定、天德寺少教正义应二僧来访。"既去,诗筒酬答,误以为僧;继而石川子衷前后倡和诙谐语为《芝山一笑》"(沈文荧《〈芝山一笑〉序》),故"一笑"者来源于此。三人均嗜作汉诗文,来馆时,便"各袖诗往谒"(义应《〈芝山一笑〉跋》)。石川有《谨呈钦差大臣何阁下》与《谨呈钦差副大臣张阁下》各七律二首,录前作其一以见一斑:

使星光采照仙坛,化洽升平颂治安。
千里鸾旗披瑞雾,一双鹢首截洪澜。
西河不坠何生学,东海犹羞马氏叹。

> 赖仰余光将乞教，清谈勿惜劳毫端。

何、张果如其所请，各作和韵诗二章。何诗多用佛典，即从错认身份而来，其二云：

> 神山遥指快乘风，问俗新来大海东。
> 且喜僧祇逢法显，愧无注义比房融。
> 教分儒释源虽异，字溯周秦道本同。
> 衡宇相望还不远，芝房时约访生公。

张诗不仅称赞"谁识扶桑多韵事，两三衲子各工诗"（《和见赠原韵》其二），更直题为"七律二章即请鸿斋大和尚郢正"。这才引发石川的自辩与众人的解嘲之作。

其中黄遵宪亦有一诗吟此事。与黄氏1902年编定的《人境庐诗草》相对照，该作从题目到语句均有很大改动。定本题为《石川鸿斋（英）偕僧来谒，张副使误谓为僧，鸿斋作诗自辩，余赋此以解嘲》，初稿则作《石川先生以张星使之误为僧也，来告予曰：近者友人皆呼我为假佛印，愿作一诗以解嘲。因戏成此篇，想阅之者，更当拍掌大笑也》。此章在黄遵宪居日诗作中为少见的长篇，初稿亦难得，不妨全文照录：

  谓僧为官非秃鹫，谓官为僧非沐猴。为官为僧无不可，呼马应马牛应牛。先生昨者杖策至，两三老僧共联袂。宽衣博袖将毋同，只少袈裟念珠耳。师丹固非老善忘，鲁侯亦岂儒为戏？知君迹僧心亦僧，不复拘拘皮相士。先生闻当喜欲狂，自辩非僧太迂泥。若论转轮三世事，安知后世与前世？若论普度一切心，彼亦弟子此弟子。吾闻先达曾戏言，莫如为僧乐且便。世间快意十八九，只恨酒色须逃禅。入室有妻食有肉，弃冠便作飞行仙。昨闻大邦布令甲，宗门无用守戒法。周妻何肉两无忌，朝过屠门夕拥妾。佛如有知亦欢喜，重愿东来度僧牒。溯从佛法初来东，稻目以后争奉崇。造经千卷塔七级，赐衣百袭粟万钟。帝王且作三宝奴（圣武自称"三宝奴"），何况碌碌卑三公。是时君即欲把臂，佛门虽大僧不容。例君为僧既过誉，君乃辩说何愚蒙。君既挂冠弃高爵，知君不难错就错。种种短发何必留，不如呼刀便尽削。芝山左右半莲社，卜邻结伴恣欢谑[谑]。他时虎溪共君笑，人误我僧我亦乐。

诗作从"帝王"句以前，定稿修正不多，仅限于个别字，最大的变动也不过是将两处"若论"四句诗，合为"但论普度一切心，安识转轮三世事"一联。后面的修改则等于重写，录如下，以便比较：

帝王亦称三宝奴，上皇尊号多僧徒。七道百国输正税，民膏民血供浮屠。将军柄政十数世，争挽强弓不识字。斯文一脉比传灯，亦赖儒僧延不坠。西方菩萨东沙门，天上地下我独尊。尊君为僧固君福，急掩君口听我言。九方何必分黄骊，两兔安能辨雄雌？鸿飞宁记雪泥迹，马耳且任东风吹。

改正稿既想突出关心民瘼意识，不免偏离了游戏解嘲的总体风格。末后的哲理化，则意在提升全诗的境界。但无论如何斟酌修改，此篇在黄遵宪诗集中仍非佳作。

值得一表的倒是修改稿与黄遵宪的名作《日本杂事诗》的关系。后书完稿于1879年，即赠石川诗的次年。其写作缘起，在《日本杂事诗》最末一篇的注文中已有说明。黄氏感慨于"日本与我仅隔衣带水，彼述我事，积屋充栋，而我所纪载彼，第以供一噱"，因发愿草《日本国志》，"复举杂事，以国势、天文、地理、政治、文学、风俗、服饰、技艺、物产为次，衍为小注，弗之以诗"。既有补史之阙的用心，《杂事诗》的写作自采"诗史"风格。其于"风俗"类描述的崇佛现象，遣词用意便与嘲石川的修正稿相近：

竭民膏血造浮屠，佞佛甘称三宝奴。
匹马出宫偷祝发，上皇尊号半僧徒。

至于"将军柄政"以下四句，也可在《杂事诗》中找到对应的篇章，所谓"斯文一脉记传灯，四百年来付老僧"，注云：

日本保元（按：后白河帝年号，1156—1158年）以降，区宇云扰，士大夫皆从事金革，惟浮屠氏始习文。中间斯文不坠于地，赖儒僧也。及藤原肃出，始锐然为洙泗学，继之者林信胜。藤氏始为僧，后归于儒。信胜初读书僧院，有老和尚欲强度之，不可。然是时儒者犹别立名目，髡其颅，不列儒林。信胜之孙信笃慨然以人道即儒道，不可斥为制外，请于德川常宪，许种发叙官，为大学头，世始知有儒。史记之曰：此元禄四年（引者按：1691年）正月十四日事。

《芝山一笑》

"四百年来"云云，即是从保元到元禄之间；"斯文一脉"也专指汉学，《日本国志》中"斯文一线之传，仅赖浮屠氏"的说法，便见于《学术志一》的"汉学"部分。故上诗后半曰："始变儒冠除法服，林家孙祖号中兴。"知此一段历史因缘，才可了然为何二僧会与石川英同往清使馆。

而两位僧正也与黄遵宪熟识，在《日本杂事诗》中亦留下踪迹。如果谈论汉土书画，日本的佛寺堪称聚宝盆。日人虽喜收藏，但兵戈频仍，加以房屋原多为木制结构，时有火灾发生。惟"佛寺多以石室铁壁藏经，秘笈珍本，亦赖之以存"。黄遵宪因此提及："西京知恩寺僧彻定者，藏西魏陶仵虎《菩萨处胎经》，纸墨皆不蚀，神似钟太傅。""彻公又藏有唐苏庆节《大楼炭经》(注略)、马道手箱《华严经音义私记》，皆唐人手笔。此外有僧怀素《千文》墨迹，于天德寺僧义应家见之。"据此推想，两处寺院或许也还保藏着黄氏的笔迹。

依常理而言，前往清使馆求诗者既如此之多，黄遵宪的旅日诗作必数量可观。然翻检《人境庐诗草》，真正与日友酬唱者并不多见。可以想象，在日本留存的黄诗佚篇必有不少。《芝山一笑》中收录的《过答拜石川先生》即为其一：

望衡对宇比邻居，相见常亲迹转疏。
今日芒鞋初过语，半帘花影一床书。

这首诗亦不见于分别由周作人与杨徽五收藏的《人境庐诗草》稿本。而黄遵宪晚年编定《诗草》十一卷时，稿本中的在日所作诗章又删落了六题二十二首。即是说，假如除去晚年补作的九题三十五首诗篇，如今保留在《人境庐诗草》定本中的黄氏自以为值得传世的居日诗作，仅不过十二题十九首，尚不敷一卷。以黄遵宪旅日四年余的人生经历来衡量，实在太不成比例。

这种情况的出现，主要缘于黄遵宪的文化导师心态。其与日人的诗酒唱和，便多为随意应酬，不留底稿。曾经在《饮冰室诗话》中声称"生平论诗，最倾倒黄公度，恨未能写其全集"的梁启超，日后重读黄诗时，对为石川英解嘲之作也大为不满，批曰："此等诗只合与东人游戏应酬。"其言恰准确揭示出黄遵宪的写作姿态，尽管比之初稿，梁氏所见已庄重得多。

大抵说来，清使馆中各员多以与日人交换诗作为礼尚往来，应酬的成分胜过创作的欲望，游戏笔墨便占了上风。副使张斯桂所作《观轻气球诗》即是好例。当时，日本刚从西方引进可以载人的轻气球，黄遵宪也在陆军士官学校开学典礼上一见，并留下"亦有轻气球，凌风腾百尺"（《陆军（士）官学校开校礼成赋呈有栖川炽仁亲王》）的诗行。张斯桂赋诗，也极写"泰西气球新样巧""一霎飞行数千里"的特异奇妙。后段更浮想联翩，笔滑失控：

我因想入非非里，亦欲腾空驾云起。……夜来飞入广寒宫，香飘桂子我名同。前身合是主人翁，月姊相见话离衷。玉兔献我长生药，吴刚笑我不龙钟。听罢《霓裳羽衣曲》，抱得嫦娥下九重。

石川英虽大赞此诗，许以"一朝游戏之笔，为千古不拔文字"，于末联加批曰，"张星时过耳顺，其矍铄如此"，但我读此诗，便只信"游戏之笔"四字为搔着痒处。若与康有为1905年游法国时所作《巴黎登汽球歌》比较，二诗境界高下立见。康氏非如张氏的坐地谈天，而是曾经亲身上天一游，在畅想极乐世界的美好完善之后，仍如屈原的回望人间，留恋不去：

忽视地球众生苦，哀尔多难醉腥膻。诸天亿劫曾历尽，无欣无厌随所便。不忍之心发难灭，再入地狱救斯民。特来世间寻烦恼，不愿天上作神仙。复自虚空降尘土，回望苍苍又自怜。

诗中充溢的救世情怀，正属于康有为一辈维新志士自觉的使命。所谓"我不入地狱，谁入地狱"，康氏的牺牲精神着实让人感佩。而其诗的格调沉雄，亦绝对压倒笔墨浮滑的张作。

尽管《芝山一笑》确为"宾主嘲戏，抽毫辨论，不过供一时欢鬯"（沈文荧《〈芝山一笑〉序》）之作，但该卷乃中国在日本初设使馆后，最早出版的中日文人酬唱集，其历史价值不言自明。何况，卷首尚有源辉声的一段妙语，令人解颐："京畿之商贾，天下之人士，其求名趋利辈，宜交西洋人；高卧幽栖，诗酒自娱之人，宜交清国人也。"（《〈芝山一笑〉后序》）源氏真可人。

1999年6月14日于东京弥生寓所

（原刊《万象》2000年第2卷第7期）

《绘岛唱和》

最初知道日本的江之岛,乃是由于读《梁任公先生年谱长编初稿》。光绪二十五年(1899)六月,梁启超与韩文举、李敬通、欧榘甲、梁启田、罗润楠、张学璟、梁炳光、陈国镛、麦仲华、谭锡镛、黄为之,一行十二人曾结义于江之岛。虽未见到罗普记述此事的《十二人江之岛结义考》,但小时阅读《三国志演义》的印象还在,第一回演述的"桃园三结义"故事,预伏了在随后展开的群雄并起、波澜壮阔的争斗中,结拜兄弟凭借超常的凝聚力,将会由弱转强,成为历史舞台上的主角。梁氏于流亡日本的第二年即仿行其事,未必不是存着同样的想望。而追思在巨浪排空、崖岸竦峙的海岛上,十二人对天遥祭,场景该是多么壮观!

1994年来东京小住，趁便去镰仓一游。登车时，发现前行的终点正是江之岛。也尝动心一并游览，却因镰仓的景点密集，迤逐一行来，拜会过高德院中著名的镰仓大佛，便已到了薄暮时分，只得打道回府，与江之岛算是失之交臂。

五年后，再来日本访学。在东京大学的总合图书馆中，偶然找到一本《绘岛唱和》，不觉又勾起我对江之岛的兴趣。

以前翻阅《人境庐集外诗辑》，得知在黄遵宪编定《人境庐诗草》时删汰的作品中，有《大雪独游墨江酒楼，归得城井锦原游江岛诗，即步其韵》的诗作七章，该篇并留有黄氏手稿。以后见到钱仲联先生在《文献》第7辑上汇录的《人境庐杂文钞》，内收《明治名家诗选序》，据篇中文字，知此序系为"城井氏"而作。但此"城井"是否字"锦原"，则不得而知。而城井锦原本名如何，在钱仲联先生所撰《黄公度先生年谱》中亦属空缺。虽然黄遵宪日后在新加坡作《续怀人诗》时，城井不在所怀外国友人之列，然而，当年的萍踪鸿爪，仍使人欲一究其底里。在东大图书馆中，先得见《明治名家诗选》三卷，继而发现《绘岛唱和》，对城井与黄氏的一段交往，也多了几分了解。

《明治名家诗选》收录了明治前期二十五位汉诗作者的佳篇，版权页"修纂者兼出版人"一行署为城井国纲，内封又写作"城井锦原修纂"，因知"国纲"为"锦原"之名。该书于明治十三年（1880）十二月出版。城井乃"福冈县平民"，其时住居"东京麴町区壹番町五番地"，与同在麴町霞关的清使馆相距不远。对我而言，此书最可珍视者为冠于卷首的黄遵宪所作序。该序以手迹刷印，十分难得。与《人境庐杂文钞》中录入的《明治名家诗选序》对照，文字亦颇有出入，由黄遵宪堂弟遵庚先生提供的文本显然为日后的修改稿。因《诗选》中刊印的初稿国内尚不易见到，故不避骈枝，全文抄录：

居今日五洲万国尚力竞强、攘夺搏噬之世，苟有一国焉，偏重乎文，国必弱。故论文至今日，几终为无足轻重之物。降而为有韵之声诗，风云月露，连篇累牍，又益等诸自郐无讥矣。虽然，古者太史巡行郡国，观风问俗，必采诗胪陈，使师瞽诵而告之于王。《春秋》为经世之书，孟子谓其因诗亡而作。昔通人顾亭林之言曰：自诗之亡，而斩木揭竿之变起。盖诗也者，所以宣上德、达民隐者也。苟郁而不宣，则防民之口，积久而溃，壅决四出，或酿巨患焉。然则，诗之兴亡，与国之盛衰未尝不相关也。自余随使者东来，求其乡先生之诗，卓然成家者寥落无几辈。而近时作者乃彬乎质有其文。余尝求其故，则以德川氏中叶以后，禁网繁密，学士大夫每以文字贾祸，故嗫嚅趑趄，几不敢操笔为文。维新以来，文网疏脱，捐弃忌讳，于是人人始得奋其意以为诗。余读我友城井氏之所选，类多杰作。其雍容揄扬，和其声以鸣国家之盛者，固不待言；偶有伤时感世之作，而缠绵悱恻，其意悉本乎忠厚，当路者亦未尝禁而斥之，是可以觇国运矣。以余闻，欧罗巴固用武之国也，而其人能以诗鸣者，皆绝为当世所重。东西数万里，上下数千年，所以论诗者何必不同？尚武者不能废文，强弱之故，得失之林，其果重在此欤？抑有为之言不必无用，而无用之用又自有故欤？后有辎轩采风之使，其必取此卷读之。大清光绪六年六月，岭南黄遵宪公度序。

与赠日友诗作多随意应酬，常不留底稿不同，黄遵宪为日人汉诗文集作序，便精心得多。从反复推敲修改之情状，已可见其对此类文字的看重。而每作一篇，亦力求各有立意，并非纯为敷衍搪塞。如此篇说诗之有关于国运，虽代有论者，然其引据欧洲事典，仍颇为新鲜。观此作，可知城井氏与黄遵宪结识，起码在1880年7月以前。

《绘岛唱和》则出版于明治十七年（1884）二月，已在黄遵宪离日后两年。编辑兼出版人仍为城井国纲，所署"清樾书屋藏版"，与《明治名家诗选》出处相同，应系其个人出版物。"绘岛"者，江岛也。初不知确解，猜想为以"江山如画"作比。经通晓日语的友人说明，方领悟此乃日文中的同音假借之一例。卷首有长荧（三洲）所题"兹游奇绝冠平生"七字，总领全书大意。此长氏，黄遵宪亦曾为之撰《〈中学习字本〉序》，虽然在作文的那年（光绪四年，1878年），黄氏尚未与之见面。以下依次为南摩纲纪《〈绘岛唱和诗卷〉序》与吴江宪（疑即后文署名"藤田吴江"者）所画《绘岛全图》，此图前有长梅外题字，后缀隈正胜五古手迹一篇作为题跋。正文二十八页，收二十九人的同韵诗作三十篇，其中有不少明治汉诗坛上的名家，如中村正直（敬宇）、三岛毅（中洲）、龟谷行（省轩）、向山荣（黄村）等，黄遵宪的和作亦厕身其间。

作序的南摩纲纪也与黄遵宪为友。黄氏1882年3月赴美任驻旧金山总领事时，南摩即参与了在墨江（即隅田川）酒楼为黄举行的饯别宴，并赋诗送行。其《〈绘岛唱和诗卷〉序》述该集编辑缘起曰：

> 山无水则枯，水无山则偏，山水相合而后奇观备焉。溪山不若湖山，湖山不若海山，盖其阔狭然也。江岛之为地，奇岩怪石，重叠成山，近仰富岳，远揖豆、房诸山，沧海渺茫，岛屿点缀，以奇胜鸣海内者久矣。近年清客及欧、米各国人来游者，年多一年，而名文佳诗足称其奇胜者或少焉。友人城井锦原尝游焉，赋短古七篇，传而和者数十人，衷然成卷，或以秀丽，或以温雅，有气骨棱嶒者，有神韵缥渺者，瑰琦锦绣，绚烂夺目。呜呼！如此卷而后可谓能称此奇胜矣。

并预言，"江岛之胜"，"得此卷而益显于海之内外矣"。是否果然如此，殊未可料。但城井原诗曾刊《邮便报知新闻》，广泛征求和作，集中河田贯堂一篇，题为《压澜的洋航中，用〈报知新闻〉纸所载锦原城井君原韵，寄怀青萍末松君之在英国》，可见借助报纸无所不至的力量，其诗确也远播海外。

唱和的发起人城井国纲的原作刊于全卷之首,从《辛巳八月游绘岛,以东坡"兹游奇绝冠平生"句为韵,得短古七篇》的题名,可知其出游时间及用韵取意。诗云:

孤岛如涌出,倚来石栏危。海雨起鹏背,天风吹我髭。胸中磊魂气,郁勃见于兹。

残夜月生魄,反照入水楼。栖鹊时一声,惊飞掠檐头。忆得苏玉局,曾作金山游。

一夜飞霹雳,擘来大松枝。须臾暴雨霁,天怒不移时。偏喜此神助,使吾诗语奇。

老僧语喃喃,诱我看古碣。不知何世物,苔蚀字磨灭。如读石鼓文,点画八九绝。

维昔左中将,义兵靖国难。投剑退海潮,进军从此岸。当面岩石笋,如其突而冠。(海中有岩,呼曰"乌帽子"。)

远隔歌吹地,一院松风清。忆昔陶弘景,山中养性情。我亦住此里,欲以了生平。

岩下有仙窟,怪异不可名。中藏炼丹书,字迹难分明。我欲偷将去,勃然白云生。

此作颇得苏轼《游金山寺》奇崛诡异之风，诸人评语也专从此落墨，如小野长愿（湖山）许以"首首奇峭可喜"，黄遵宪亦论曰："柳州作游记，好作危语、怪语、惊人语，盖不如此，不足以写难状之景也。"城井显然也对此篇极为满意，因此遍送诗友，征求和韵。黄遵宪之作即为此而成。

在《人境庐诗草》稿本中，和城井诗隐去时间，而《绘岛唱和》则与《人境庐集外诗辑》书前所刊黄遵宪手迹相近，题为《辛巳十月大雪，独游墨江酒楼，归得城井锦原游江岛诗，即步其韵奉和》（手迹去"奉和"二字），因知此诗作于1881年。全篇如下：

江楼高瞰水，朱栏欲倚危。凄风飒入座，冷若霜侵髭。响停万家屐，更无人在兹。

浩浩白无际，回光照层楼。红日匿不出，寒威积楼头。借问羲皇鞭，子今何处游？

寒樱冻欲僵，槎牙撑枯枝。随风雪飘荡，有如花落时。人言花时好，我云雪亦奇。

上云压重檐，下云埋断碣。远望木母祠，楼台半明灭。长堤万枝树，树树鸟飞绝。

烛龙睡不起,阴火潜木难。江声悄无波,微茫失涯岸。独有富士山,傲然虎而冠。

我起拔剑舞,秋水一何清。舞罢雪兒歌,宛转若为情。快呼三百杯,块垒浇不平。

天公好游戏,诡幻不可名。濛黑世界中,倏然放光明。愿天更雨襦,户户春温生。

黄之次韵诗以奇对奇,写其于大雪纷飞日,畅饮江边酒楼之情状。因黄遵宪以手稿相赠,有些字城井国纲辨认不清,故原刊有若干讹误,如"迴光"误作"迥光",更严重的是将典出隋代李密能歌善舞之爱姬的"雪兒歌",错成"雪兔(歌)",不仅生造字词,且令人莫名其妙。幸好有黄氏的原稿在,可为更正。

黄遵宪诗虽为依韵奉和,所咏已为自家眼中景、心中事,与江之岛了无关系。而他人和作,多有接续城井国纲话题,夸说此岛之奇胜者。如此仍觉意犹未尽,则更持与号称日本"三景"的宫岛(严岛)、松岛、天桥立比较论说,高相标榜。或曰:"想像三景外,明媚天下冠。"或称:"我曾到严岛,古色幽而清。绘岛可相方,尤惬韵人情。天桥及松岛,欲取众论平。"(长梅外《次城井锦原绘岛诗韵七首》)或貌似公允而实有偏心:"胜景称三岛,山水各澄清。世人评甲乙,未免牵私情。我唯从所好,却觉持论平。"(小泽南窗《次韵城井锦原游绘岛作》)诗人之言虽作不得准,然而,江之岛必有独特魅力,方能令众多诗家争说其佳绝。

此次来东,有朋友曾往其地游览,笔者不禁心生歆羡而贸然动问。不料,答语竟是:"未觉有趣,倒是儿童的乐园,多的是水族馆、海洋动物园以及冲浪表演。"时世迁移,江之岛也今非昔比了吗?思之惘然。

1999 年 6 月 20 日于东京弥生寓所

军歌与国运

对于晚清留学或流亡日本的中国人来说，日本国民的尚武精神无疑令其深受刺激。梁启超与秋瑾虽则政治取向不同，却均曾详细描述过亲眼所见日本军人送行的场景，引发的感慨也与国运相关。

1899年冬，梁启超漫步东京上野。适逢日本军营新兵入伍、老兵退役交替之际，亲友迎送，"满街红白之标帜相接"。"大率每一兵多者十余标，少者亦四五标。其本人服兵服，昂然行于道，标则先后之，亲友宗族从之者率数十人。其为荣耀，则与我中国入学、中举、簪花时不是过也。"日本对军人的尊崇以及军人强烈的自豪感已让梁氏动容，而最震撼其心魄的，还是其间为入营者题写的标语——"祈战死"，梁"见之矍然肃然，流连而不能去"。因将其感怀记入正在《清议报》连载的《饮冰室自由书》,此则标题即取名《祈战死》。

无独有偶,1904年秋冬间,留日学生秋瑾去横滨访友,路遇为征俄士兵送行的人群。她笔下的场面更为热烈:

> 只见那送军人的人越聚越多,万岁、万岁、帝国万岁、陆海军万岁,闹个不清爽。……那军人因为送他的人太多,却高站在长凳上,辞谢众人。送的人团团绕住,一层层的围了一个大圈子,一片人声、炮竹声夹杂,也辨别不清。只见许多人执小国旗,手舞足蹈,几多的高兴。直等到火车开了,众人才散。每到一个停车场,都有男女老幼,奏军乐的、举国旗的迎送。

很显然,送行者已不限于亲友,而带有自发的性质。特别是"那班小孩子,大的大,小的小,都站在路旁,举手的举手,喊万岁的喊万岁",不禁使秋瑾生发"真正令人羡慕死了"的感想。把这"一大段感情"写下来,便有了《白话》杂志上登载的《警告我同胞》一文。

梁启超由"祈战死"的祝愿,想到的是"日本国俗与中国国俗有大相异者一端，曰尚武与右文是也"(《祈战死》)；并进而申论，日本以"武士道"为"日本魂"，其"所以能立国维新"全恃此。梁氏以为，"尚武之风"除"由激厉而成"，"朝廷以此为荣途，民间以此为习惯"，亦"由人民之爱国心与自爱心，两者和合而成也"。今日中国的当务之急便在铸造"中国魂"，此魂也当效法日本，以"兵魂"充之，是即"爱国心与自爱心"。当然，要炼成"兵魂"尚有先决条件："人民以国家为己之国家"与"使国家成为人民之国家"(《中国魂安在乎》)。层层剥笋，归结点仍在政治革新，这正是维新派医治衰病中国开出的药方。

秋瑾的感情则颇为复杂。一方面，她很赞赏"日本的人，这样齐心，把军人看得如此贵重"，于是军人"都怀了一个不怕死的心，以为我们如果不能得胜，回国就无脸去见众人"，其结果，"今日俄国这么大的国，被小小三岛的日本，打败到这个样子"，秋瑾也禁不住由此寻求救国强国之道；另一方面，所谓"征露"（"露西亚"为"俄罗斯"的日译名），实为日本"同俄国争我们的东三省地方"，使秋瑾痛心的是，"我中国的商人，不知羞耻，也随着他们放爆竹，喊万岁"，因此，在"羡慕"之外，秋瑾也"又是气愤，又是羞恼，又是惭愧，心中实在难过"。而晚清居日的中国人，便常常处在这样尴尬的情境中。

实在说来，令晚清人钦佩的近代日本尚武精神的形成，与明治以后日本扩张势力的迅速崛起密不可分。梁启超感慨系之的说法："中国历代诗歌皆言从军苦，日本之诗歌无不言从军乐。"其实也有时限。其所谓"日本之诗歌"，在随后的"吾尝见甲午、乙未间，日本报章所载赠人从军诗，皆祝其勿生还者也"（《祈战死》），已有清楚说明。而"甲午、乙未间"，正是造成中日两国关系逆转的那场战争。当年阅读赠人从军诗的梁启超，必定与秋瑾有着同样的难堪。一个世纪后，我又在东京大学的图书馆中，发现了这些明治二十七、八年（1894、1895年）出版的日本军歌集，翻阅之下，便很能准确体会梁、秋的苦衷。

若论日本军队士气的养成，军歌实有大功效。征清第一军司令官、陆军大将山县有朋为1895年6月发行的《大东军歌》题词，写的正是中国古语"以壮军声"。用汉文作序的鸟尾小弥太，所述更为形象：

> 整然阵列矣，炮铳忽相交，雷怒霆振，将士争先。敌亦必死激战，胜败未决也。时闻嘟唬之声、铿锵之响起于吾军，怒者益怒，振者益振，如山崩、如

潮涌，吾兵突前，敌军辟易矣。乃知有军歌之于战阵，其效过于后援者也。

而日本军歌创作的高潮，正以中日甲午战争为肇端。鸟尾的《大东军歌序》说得明白："近者王师伐清连战连捷，新作军歌者甚多。"这才有了《日本军歌》《明治军歌》《大东军歌》诸集的蜂拥而来。而到1894年11月，附录《讨清军歌》的《征伐支那之歌》(《支那征伐の歌》)，竟已累计印刷至第十版，则其销行量之大不难测知。

翻开这些百年前的陈旧出版物，一股浓重的血腥气仍扑面而来。不妨抄录几则《明治军歌》的曲名以见一斑：以东亚国家至今极为反感的日本代国歌《君之代》开篇，以歌颂太阳旗所代表的日本帝国的《大皇国》殿尾，其间尽为《旭旗》《大和魂》《日本刀》《凯阵》《膺惩》《拔刀队》《连战连胜》《进击》《军舰》《火炮雷鸣》等夸耀日军战无不胜的歌作。《大东军歌》区分更细，不仅有"皇国之歌""陆军之歌""海军之歌"的分别，且说明其使用场合，如《海行》为"对将军及与之官阶相当者敬礼用歌"，《皇国》为"军队相逢时所用歌"，一般葬礼上唱《舍命》，葬礼途中唱《吹笛》。最耸人耳目的，是紧接在《君之代》后面的《海行》歌词，直译成汉诗，头两句便是："海行水渍尸，山行草生尸。"而此歌又被分别谱曲，作为陆军与海军的军歌。大约当年的日本军人颇喜以此意象显示勇武与牺牲精神，这类词语在军歌集中于是举目皆是。"海军招魂祭祀之歌"，也干脆采用了《水渍尸》名篇。

在 1894 年 7 月开始的那场战争中，清朝军队接连受挫，损失惨重，国家内部机制中的严重弊端，至此已暴露无遗。而此战对于野心勃勃的日本来说，更是至关重要。若能一举战胜，其意义不只是征服了亚洲最大的国家，而且，打败千年来被日本尊为文化导师的中国，也有利于摆脱传统心理，迅速"脱亚入欧"，确立争霸世界的自信。因而，除一般性的宣传鼓动外，直接动员对清作战的歌曲，在此期出版的军歌集中也大量存在。《明治军歌》中即有《膺惩》一首，开头便说："膺惩清国，清为吾国仇。"《连战连胜》也将日本政府蓄谋已久的征清战略步骤，以歌词的形式表现出来。最后一段所述，"追逐逃跑的敌兵，进入奉天城"，"追击遁逃的敌舰，冲向北京城"，正是希望通过反复的咏唱，使每个士兵对这一征战目标牢记不忘。而《日本刀》中夸赞的"日本男儿的决心"，刀锋所向之处，落地的也应当是中国士兵的人头。在血流成河与尸积如山之上，造就日本军人征服者的满足感，军歌在此过程中为虎作伥的效用，实不容忽视。

军歌创作还有用于军队以外的考虑，在当年，它也曾努力吸引国民普遍参与。为配合军事行动，当时日本的报刊上，曾广泛开展了有奖征集歌词的活动，以使扩张意识深入人心。从专门收录《读卖新闻》悬赏作品的《大东军歌》第二部分"月之卷"，可见其一斑，也因此才会有梁启超与秋瑾亲眼目睹的送行场面。而出于迅速传唱的需要，不少歌词纷纷借用西方的现成曲谱，以和词西曲的形式面世。如《明治军歌》中的《日本男儿》一歌，作词者为落合直文，却配以《婚礼进行曲》的曲调。把凶残的战争与快乐的婚礼合为一体，真是匪夷所思；但仔细想来，此举倒确能体现日本政府以征服战争为盛大庆典的全民动员舆论导向。

对于晚清志士而言，接触这些歌词必定是痛苦的阅读经验，而可贵处在于他们的"知耻为勇"以及"师敌长技"的坚忍不拔。1902年，《新民丛报》连续刊出蔡锷（署名"奋翮生"）的《军国民篇》一文，以实行军国民主义为救国方策。文章推究中国缺乏尚武精神而衰败的原因，分列教育、学派、文学、风俗、体魄、武器、郑声、国势等八条。其中既有与梁启超、秋瑾相同的军人入伍以为荣耀的场景描述，也以西方与日本为例，强调文学与音乐对于培植军国民主义的重要意义。蔡锷不仅全篇抄录了由王韬翻译的德国的《祖国歌》歌词，而且标举日本音乐教育情况以为示范：

> 日本自维新以来，一切音乐，皆模法泰西，而唱歌则为学校功课之一。然即非军歌军乐，亦莫不含有爱国尚武之意。听闻之余，自可奋发精神于不知不觉之中。

返观中国，则"自秦汉以至今日皆郑声也，靡靡之音，哀怨之气，弥满国内"，军队"无所谓军乐，兵卒之所歌唱，不过俚曲淫词，而无所谓军歌"，因而"乌得有刚毅沉雄之国民"？

此论为黄遵宪所见，深受启发，因此决心补阙，当即作《军歌》二十四章。梁启超初时只得其中的《出军歌》四章，已大为兴奋，迫不及待地刊发于同年11月问世的《新小说》创刊号上。黄遵宪得梁极为欣赏、"以为妙"的鼓励之词后，又"将二十四篇概以钞呈"，且自述其得意心情：

如上篇之敢战，中篇之死战，下篇之旋张我权，吾亦自谓绝妙也。此新体，择韵难，选声难，着色难。（1902年11月30日《致梁启超书》）

黄氏的自得与梁启超的赞赏出于同一种期待，尤以梁对黄作表现出异乎寻常的热情更为明显。他不仅在连载于《新民丛报》的《饮冰室诗话》中重新全文发表《军歌》（1903年2月《新民丛报》第26号），而且在随后创作的《（通俗精神教育新剧本）班定远平西域》里，将黄作中的《出军歌》与《旋军歌》两部分，分别移花接木于剧本的第二幕《出师》与第六幕《凯旋》的结尾，并配上曲谱，让两千年前的汉朝士兵，高唱起黄遵宪的新撰歌词。不可否认，在歌颂祖先的拓边业绩中，既表达了期望国家迅速强大、摆脱受奴役地位的正当要求，也隐藏着对强权政治的认同与对西方殖民政策的歆羡。

而黄遵宪之创作《军歌》与梁启超之赞赏《军歌》，其用心与梁的学生蔡锷相同，在《饮冰室诗话》中有明白表述。追溯中国衰弱的根源，梁氏以为音乐也难辞其咎："中国人无尚武精神，其原因甚多，而音乐靡曼亦其一端。"其间最重要的是：

> 吾中国向无军歌,其有一二,若杜工部之前后《出塞》,盖不多见,然于发扬蹈厉之气尤缺。此非徒祖国文学之欠点,抑亦国运升沉所关也。

因而,"往见黄公度《出军歌》四章,读之狂喜,大有'含笑看吴钩'之乐"。近来又见全文,更令其叹服,于是亟亟公布,与读者同享。梁启超显然认为,黄作在振起国民的尚武意识、使国运转弱为强方面,可发挥巨大功效。即从"诗界革命"的理想而言,黄遵宪的《军歌》也当得起典范:"其精神之雄壮活泼沉浑深远不必论,即文藻亦二千年所未有也,诗界革命之能事至斯而极矣。"

被梁启超"一言以蔽之曰:读此诗而不起舞者必非男子"的《军歌》,其每章最后一字连缀起来,正构成一句激励士气的口号:"鼓勇同行,敢战必胜,死战向前,纵横莫抗,旋师定约,张我国权。"歌词分为《出军歌》《军中歌》与《旋军歌》三部分,前段以宣扬爱国精神为主调,诉说中华古国的光荣历史以及近代遭受列强欺凌的耻辱,中间表现军队奋勇杀敌、征战得胜的英雄气概,末段畅想取消不平等条约后,中国在兴亚抗欧中的主导作用。录各篇首章以见其概:

出军歌

四千余岁古国古,是我完全土。二十世纪谁为主?是我神明胄。君看黄龙万旗舞。鼓鼓鼓!

军中歌

堂堂堂堂好男子,最好沙场死。艾炙眉头瓜喷鼻,谁实能逃死?死只一回毋浪死。死死死!

旋军歌

金瓯既缺完复完,全收掌管权。胭脂失色还复还,一扫势力圈。海又东环天右旋。旋旋旋!

黄作又曾收入1904年出版的《小学新唱歌》,说明其确曾作为歌曲传唱一时。

而生性好奇趋新的梁启超也不以从旁鼓吹为满足。1905年,横滨大同学校学生欲演出新剧,请梁操笔。梁技痒难熬,为撰《班定远平西域》六幕,其中第五幕《军谈》,几成军歌演唱会。汉朝士兵唱过广东《龙舟歌》的新词,又搬来军乐队,高唱《从军乐》。作词与唱歌者的目的都很明确,即"提倡尚武精神"。为便于流传,《从军乐》采用

了《梳妆台》(又名《十杯酒》)的流行曲调。全篇十二章,可与黄遵宪的《军歌》媲美。为避文繁,节抄首、末章歌词如下:

从军乐,告国民:世界上,国并立,竞生存。献身护国谁无份?好男儿,莫退让,发愿作军人。

从军乐,乐凯旋。华灯张,彩胜结,国旗悬。国门十里欢迎宴。天自长,地自久,中国万斯年。

梁启超对此作显然相当满意,在《新小说》发表《班定远平西域》的次年,即1906年,又特地在《饮冰室诗话》中为《从军乐》撰写了一条,自称:"虽属游戏,亦殊自熹。"

值得注意的是,梁启超与黄遵宪所作歌词中,都含有"爷娘妻子走相送"的描写,且都置于相当突出的地位。黄诗《军中歌》第二首作:

阿娘牵裾密缝线,语我毋恋恋。我妻拥髻代盘辫,濒行手指面:败归何颜再相见?战战战!

根据黄氏前引言,可知其为诗人极为满意的片段。梁作亦于第二章表述:

从军乐,初进营。排乐队,唱万岁,送我行。爷娘慷慨申严命:弧矢悬,四方志,今日慰生平。

不过,与杜甫《兵车行》中"牵衣顿足拦道哭,哭声直上干云霄"的悲痛欲绝截然不同,父母妻子都是以"从军乐""沙场死"的豪壮语相激劝。很清楚,这本是基于对日本军人送行情景的记忆。

最明显的莫过于1901年《杭州白话报》刊出的一首题为《国无魂》(哀军人之不振也)的新乐府。全诗可谓隐括梁启超的《祈战死》与《中国魂安在哉》二文而成:

欧云美雨从西降,洞户重门尽开放。
堂堂中国好男儿,谁能含笑沙场上?
军士原为国之魂,乐莫乐兮是从军。
胡为从军泪如雨,牵衣哭上城东门?
壮哉东洋好男子,仗剑从征出乡里。
爷娘妻子走相送,万口同声祈战死。

生老病死人之常,谁能千秋万载长?
与其局促死牖下,何如为国死疆场?
吁嗟乎!东有狼兮西有虎,南有矢兮北有弩。
我国魂兮其归来,国无魂兮将无主。

晚清志士正是企望以日本军人为楷模,确立为国战死的军队意识,使中国在强敌环伺、弱肉强食的危境中,得以发愤图强,反败为胜。

只是,晚清的军歌创作始终限于"诗界革命"的范围,即以军歌振兴尚武精神仅为文人的浪漫理想,其未能有效提高军队战斗力亦可想而知。何况,军队乃是国家机器,倘不改变腐败已极的清朝政体,倡导谱写军歌也不过是杯水车薪,无济于事。但不见效于当时,并不意味着无意义。夸大军歌效力的思路,倒真切地反映出晚清先进知识者救国心情之急迫,及其为寻求强国之路,曾经如何百计千方,呕心沥血,令百年之后的我辈仍钦敬不已。

1999 年 7 月 8 日于东京弥生寓所

(原刊《读书》2000 年第 6 期,初题为《军歌》)

日本汉诗中的甲午战争

汉诗曾经作为中国文化的精髓,受到日本文人学者的喜爱。单是收辑远非完备的《日本汉诗》,便有皇皇三十五巨册。起码到中日甲午战争之前,汉诗文在日本还是代表着高雅的文化修养,其写作人口亦相当可观。抒情言志,汉诗与和歌同样是最受青睐的文体。甚至在1894—1895年对中国作战期间,这种情况仍未有很大改变。

起初翻阅出版于明治二十八年(1895)的《大东军歌》,对其编排方式便有一种奇怪的感觉。从目录页开始,汉诗即随处点缀于全书可以插入的空隙部分。此军歌集分为雪、月、花三卷,典故也出自汉诗。因此,在《目次》之首,先抄录了"琴诗酒友皆抛我,雪月花时最忆君"两句以为发端。在专收《读卖新闻》悬赏军歌的"月之卷",类别之下便多缀以汉诗。如"抽签"部分，第一种"陆军"第一类"野战"后，即抄录了唐朝诗人岑参的名作："走马西来欲到天，辞家见月几回圆？今夜不知何处宿，平沙万里绝人烟。"其他如"秦时明月汉时关""烽火城西百尺楼""月黑雁飞高""床前看月光"等国人熟读的唐诗，也纷纷在目录的间隔中出现。实在说来，这些汉诗都是经过了精心的挑选。但在书中刊载的乙等奖与丙等奖表现"军舰战斗"与"要塞炮击"的海军军歌空白处，分别见到被截作两段的《春江花月夜》开篇十六行诗，总难以把这行云流水般优美畅达的歌吟同浮尸蔽海的战争联系在一起。而在如此巨大的反差之间，选诗者有意显示优游自在的风度，我却从中读出了残忍。

《大东军歌》中虽填充了大量汉诗，但此时的汉诗显然已具有和传统不一样的意义。从其与和歌使用场合的刻意区别，即分明可见。集中"雪之卷"因所录为代国歌《君之代》以及陆海军礼仪歌、武将文官之歌、名誉歌，关乎日本国体，故目录分类间皆穿插和歌；"花之卷"系将校士卒、贵族士女及学生们所撰歌词，其身份高贵，因而，除卷名后抄录了四句切题的汉诗外，其他目次的隔断处，便全为和歌。也即是说，在此书的编排中，汉诗已从传统的与和歌平起平坐甚或更胜一筹的地位，下降为次一等的诗体，和歌则俨然成为诗歌中最高等级的代表。于是，以汉诗表现对华作战，本身便带有反讽的意味。

甲午战争期间，日本军官的汉诗写作也形成热潮。单是《大东军歌》便录入数十首，作为补白。编者每以逸事佳话艳说其事，或题作"英雄闲日月"，或许为"××之风流"，意在凸显作诗者于枪林弹雨之中的从容不迫。如征清第二军第一旅团长、陆军少将乃木希典，于1895年2月14日攻占太平山前一日，致书友人，并抄录新诗一首："稀有杨柳无竹梅，满州春色又奇哉。飞云塞下尚冰雪，何日东风渡海来？"此举即被赞为："面对大敌云集于目前，尚有此雅怀，将军胸中真可谓有闲日月。"其中更有模仿王羲之书字换鹅故事，而称说日本某舰艇少主计（军需官）田中以诗换牛的奇遇。该人在大连湾登陆，为部队征集鸡豚，因陆军先行征发过，已一无所有。有村夫子作诗相赠，田中素不能诗，无法唱和，乃改易日本战国时期的名将上杉谦信军中诗一二字回赠："霜满阵营秋气清，数行过雁月三更。连山并得金州景，遮莫家乡怀远征。"其人得诗，赞赏不已，遂亲自奔走，为田中募集公牛四头。后一情节太过离奇，总使人疑心出于杜撰。

更出人意料的是陆军工兵大尉仓辻明俊的《渡鸭绿江》绝句："鸭绿江头万里秋，人间为客亦风流。扁舟行载渔郎去，欸乃声中下义州。"若不知写作背景，你会以为这是一位与柳宗元《渔翁》诗中意趣相仿的世外闲人，优游山水间。而真相却是，其所过之处，山河易色，草木皆腥。

不过，从这些汉诗中，确实可清晰看出日军的战略目标。征清第一军第十旅团长、陆军少将立见尚文，曾在军中以诗代书，致信同乡，诉说心事。其《凤凰城中偶作》其二云："留守凤城四阅月，每闻捷报剑空鸣。难忍功名争竞念，梦魂一夜屠清京。"无独有偶，在《战余闲日月》一则，一名叫做秋山的日军大队长也有相同的梦想："北京城下日章红，奏得征清第一功。半夜眠醒蹴衾坐，枕头唯有剑光雄。"而在海军少尉加藤重任的七古《军中作》中，这一意图表现得更为明确。已经在丰岛、牙山取胜的日军，并不满足于战胜朝鲜，其军事行动的最终目的地实在北京，故该诗末段作：

呜呼！八道掌大不足与争衡，祇合长驱略满清。一战拔旅顺，再战屠盛京。三战四战前无敌，旭日旗高顺天地。

诗中一再使用"屠清京""屠盛京"这样残酷的字眼,可知日军已决心在每战屠城的杀伐中征服中国。

而所有关于甲午战争的日本汉诗,当推高桥贞（白山）所作《征清诗史》记述最全,也最能使人洞见日本政府的野心。此书1897年出版,卷首有征清大总督彰仁亲王的题字"一德唯忠",于泛言之外,亦含有赞赏作者大力宣扬日本国势军威忠心可嘉之意。诗成已在战事结束后两年,但高桥氏对因欧洲各国干预、日本未能遂其初愿的结局仍耿耿于怀,故效陆游《示儿》诗意,以一百七十九首七绝加史事与评说合为一编,期望"传之家庭,使我子孙日夕讽诵,如置身于苦战间而存爱国之念焉"（高桥贞《〈征清诗史〉叙》）。其最后三题,所述《尝胆卧薪》之事,即为俄、德、法三国以日本"取辽东,为害东洋平和",迫其归还,而在《巍巍高德》中要求后人:"须记奉天南部地,一朝在我版图中。"殿尾的《告子孙》,更将此战的意义挑明:"试看忠士征清绩,日本隆兴新纪元。"也确实是从甲午中日战争开始,日本走上了侵略扩张终至惨败的不归路。

因高桥贞之子高桥作卫当年从军作战,后又供职于征清海战史局,得以"证之公报,改其传闻有异同者",使《征清诗史》引述的史料更带有官方色彩。《定征清战略》一诗云:"作战先开第一期,直前扫荡北洋师。幄中夙有筹边策,渤海湾头树旭旗。"说明日本发动对清战争乃蓄谋已久。"白山曰"的议论部分,又根据日皇以彰仁亲王任征清大总督的敕书,"而见分战略纲领以为二":

盖扫荡北洋敌舰,把握韩、清二海权,略辽阳、奉天而树旗于渤海湾头者,是为前期战。全军渡海,置大总督府于旅顺,堂堂之阵,正正之旗,破山海关,取大沽炮台,进而陷北京城者,是为后期战。所谓"扼喉拊背"者也。这一战争意图深入军心,才会有上述诸人攻占北京的狂言。

值得注意的是,从敌国的角度,《征清诗史》也为我们解读那一段历史提供了若干佐证。如近年暴炒一时的方伯谦为民族英雄的奇谈,其所统领的济远号于海战中的表现,也有日方战记为之留影。在开启日清战端的丰岛海战中,广乙中弹后,"济远仓皇,不遑避险,沿岛阴走",被高桥贞讽刺为"济远仓皇冒险驰";黄海大海战中,在"超勇先沉,扬威伤走,胶着浅渚,来远、平远火起,经远、致远,相寻沉没"之际,"济远、广甲、广丙,前后皆逃",方伯谦再一次留下了不光彩的记录。对照同一记述中对顽强抗敌的定远与镇远的称赞——"定远健斗,损伤最甚,火炽不灭",日方四舰一齐进迫,"镇远独掩定远,奋当我诸舰,收战而退","清军免全舰队覆没者,赖镇远、定远力"——济远的两次临阵脱逃尤为可耻。依据日人钦敬强敌的习性,这些描述应该是真实可信的。

至于表露日本民族性的史论,在《论丁汝昌》一篇可谓发挥得淋漓尽致。在威海卫交战中,日本联合舰队司令长官伊东祐亨中将因与北洋水师提督丁汝昌为旧交,"因赠劝降书曰:'拘小节者,不能立大功。阁下暂游日本,徐为清国谋,以护其颓势,不亦善乎?阁下果率舰队,来投我军,我皇宽容,待以礼貌,是余之所保也。余言发友谊之诚,阁下谅之。'"日方战史并述丁汝昌回复之辞:"友情真可感矣。然报国之义,固非可弃也。""既而坚舰屡碎,弹药亦尽,千百兵民,同见惨状,期非远也。"丁遂决意投降。其降书曰:"欲保全生灵,为请休战,献威海卫船舰、刘公岛炮台兵器于贵国,望不伤害海陆军内外国官员兵勇，而许其归乡。"在日方允准后，丁谓："得保全生灵，吾事足。"乃"托后事于英客将而自杀"。日军旗舰"传信号，告丁提督死于舰队，停止奏乐，以将官礼吊之"。

对于丁氏保全大众、选择自杀而不是做俘虏，《征清诗史》的作者也给予有限的肯定，因此，《北洋水师提督丁汝昌乞降》中有"一死欲全千百兵"之句。但总论其事，高桥贞则对丁汝昌的举动大不以为然。其说曰：

论者或以丁提督为苦节孤忠，有古烈士之风，曰：二万敌军拥后，数十舰艇迫前，坚垒尽陷，巨舰皆沉，孤城无援，弹尽食乏，提督之致舰纳炮台，一死以全清国、欧洲将校兵民，万不可已之势，而其所为，莫不可者。万口附和，称扬极矣。然使提督重清帝之命，知其责任之所存，身与舰共碎，将校皆横尸于炮台下，不殉兵民，而殉清帝，振起清人志气，有所决，则我军虽精锐，然未能遽逾山海关、大沽之险也。提督之所为，果能如此，优于保全生灵之功也远矣。此之不思，而致军舰、纳炮台，以利于敌人，与睢阳死守人相食之事相反。今盛称提督，使我国人仿其所为，害国风甚大。呜呼！如丁提督以我国臣子之道论之,岂得称苦节孤忠之士哉?

高桥以唐代张巡、许远死守睢阳的故事比论丁汝昌,认为其虽杀身亦不能成仁,因无法抵消以军械资敌、动摇民心的大过。故《论丁汝昌》一绝盖棺论定,口气严厉:

漫言一死救兵民,巨舰坚台委敌人。
以我国风论士道,丁提督岂是忠臣?

就对丁氏的同情带有战胜者的优越感而言,我更相信高桥贞的论调代表了日本一般社会的认识。

虽然关于降书是否出自丁汝昌尚有不同说法,而对投降一事,曾经出使日本四年的黄遵宪,倒与高桥贞持论相同。其《降将军歌》取意《三国志·张飞传》中严颜的"但有断头将军无有降将军"语,也对丁氏的"已降复死死为谁"不能原宥:"可怜将军归骨时,白幡飘飘丹旐垂。中一丁字悬高桅,回视龙旗无孑遗。"不论主议者为谁,北洋水师的全军投降,总是中国战争史上耻辱的一页。

对中国来说,甲午中日之战确有很多应当反省之处。无可置疑,日本当年是处在有违于正义、人道的侵略者地位，而其独霸亚洲进而称雄世界的野心，也曾令日本国民迷狂。这种外向的扩张性，反映于内，便形成民众普遍的进取心，由此给晚清来日的中国知识者以深刻印象。梁启超晚年对此记忆犹新：

> 戊戌亡命日本时，亲见一新邦之兴起，如呼吸凌晨之晓风，脑清身爽。亲见彼邦朝野卿士大夫以至百工，人人乐观活跃，勤奋励进之朝气，居然使千古无闻之小国，献身于新世纪文明之舞台。

这一感觉在与"老大腐朽，疲癃残疾"（吴其昌《梁任公先生别录拾遗》引述）的晚清政府的对比中，更形强烈。

而令梁启超感叹不已的日本国民焕发的朝气，也未始与甲午战争无关。从《征清诗史》中《成败》一篇的议论，即可窥见其时日本的国民心理。高桥贞由读世界史而引发的感慨是反躬自求：

> 余尝读万国史，有普通史，有特别史。分普通史为二种，其一，合万国以为一大体，邦国文化，及于全体，其兵力关于大势者纪之；不然者，虽旧国不载

录。而其所纪者,欧洲之各邦也;所不载录者,东洋之诸国也。"

对现在受到责难的"欧洲中心"论,高桥并无意识,倒承认强权是入史的资格。故以为,"东洋诸国,印度,缅甸,暹罗,安南,朝鲜,支那,或归欧国版图,或惴惴焉忧其侵略,幸一日无事而已,史之不录,抑有故也"。于是,按照日本政府的宣传口径,高桥也把亚洲的振兴当作日本的责任:"呜呼!亚细亚之大如此,而国力之不振如彼,岂可胜叹哉?虽然,宇内大势之变不穷,朝成暮败,兴衰递变,强弱易地,则进取之不可已者,必然之势也。方此之时,兴文化,修兵备,挽回东洋颓势,以辉国名于史上者,非我忠勇四千万臣民,其谁望耶?"军国主义的教育便是这样灌输到日本民众之中。

与侵华战争和汉诗体这一内容对形式的嘲讽相类,《征清诗史》中若干诗歌语汇的使用也有同样的效应。如《安城渡夜战》其三:"神州男子不思生,铳剑连锋毙敌兵。横道遗尸清劲卒,纪胸直隶练军名。"此诗所要歌颂的是日本军队击败李鸿章训练的精兵"直隶练军",令其"遗尸横道"。但如只看开头,且不知其原出日人之手,中国读者定会将"神州男子"认作子弟兵。在把惯常代指中国的"神州"移换为日本的一转手之间,汉诗语言也完全异化。我看这些汉诗时,于是常想到"刻毒"一词,尽管这可能只是出于我的"刻入"。

1999年7月14日于东京弥生寓所

(原刊《读书》1999年第11期)

（附）囚徒呓语还是战略目标

近日才读到去年 11 期《读书》杂志上陈卫平批评前年该刊 11 期有关日本三文的大作，笔者恰好是被评论的三位作者之一，在感谢拙文引起陈先生关注的同时，也不免有几句辩解的话要说。

陈卫平先生担心政治义愤会扭曲了我们对日本的理解，由于有机会在东瀛客居两年余，多少总有些感性认识，因此我对此忧虑不无同感。只是具体到陈文的指责，我以为还不能一概而论。

承蒙陈先生厚待，在被批评的三位作者中，于我恕词最多，认为我的文章中少有不合中文习惯的"日语式的表达"，并且，"行文较循规蹈矩"。不过，可能是为了强调对日本误解的普遍性，以便应和最后一段有力的结论——"读完三篇文章，总的感觉是作者们有足够的愤慨，但是愤慨没有和事实论证相连，这大概只能称之为不屑"。而"如果愤慨只和不屑相连，愤慨的可能价值就会打折扣"。——陈文于是在略加肯定之后，笔锋一转，指出拙作《日本汉诗中的甲午战争》，"惜也未能避免上述疵点"，也即是说，仍然不合学术规范。证据是，我把"一个日本少将之作"中的"屠清京"与"一个小尉之作"中的"屠盛京"坐实了，是犯了仅"从诗句断定日本'军事行动的最终目的地实在是北京'，这是把诗当做史读了"的严重错误。陈先生并征引1854年尚被幕府关押待决的吉田松阴关于"夺满洲，来朝鲜"的话，教导我说，无论如何，以"囚徒之身"写出的"这些狂言妄想"，并不能"直接视为日本当时的'战略目标'"。

关于"以诗证史"问题，文史研究中虽有此一法，我却还不致轻率到把李白的"金樽清酒斗十千"信以为真。我倒是疑心陈卫平先生太急于得出"总的感觉"，而没有耐心读完我的文章，因为在"少尉"（而不是"小尉"）等人的汉诗下面，明明征引了一段史述。为避免读者翻检之劳，我还是做一回文抄公吧：

盖扫荡北洋敌舰，把握韩、清二海权，略辽阳、奉天而树旗于渤海湾头者,是为前期战。全军渡海,置大总督府于旅顺,堂堂之阵,正正之旗,破山海关,取大沽炮台,进而陷北京城者,是为后期战。所谓"扼喉拊背"者也。

引文之后,我还特别加了说明:"这一战争意图深入军心,才会有上述诸人攻占北京的狂言。"这些文字可惜陈先生没看到。

假如嫌这段由《征清诗史》作者高桥贞转述的"战略纲领"不够权威,我可以再从当年日本的官方文件中摘抄几句,以为"事实论证"。1894年12月4日,日本内阁总理大臣伊藤博文"提出应进攻威海卫并攻略台湾之方略"。开篇即讲到,日军战略部署有甲、乙两方案:

第二军已如乙案之预定,筹画悉当,一方面以连战连胜将敌兵驱逐于韩境之外,进而逾鸭绿江,略取九连、凤凰两城;另方面则攻陷金州、旅顺,扼渤海之锁钥,分别完成其任务,均不遗余力。

"甲案"则是以"第一军留守于九连城,举其余之主力进袭奉天，进而向南攻击北京，第二军亦将守兵置于金州半岛，余皆渡海而叩山海关，循海岸陷天津，以使两军相应援"。

虽然由于冬季严寒，海口结冰，伊藤博文对是否立即实行甲案持否定态度，但也只是要求推迟而非反对此早经决定之作战方案。他更进一步提出化不利为有利、以争取时机的方略，即进攻威海卫，消灭北洋海军主力。"待春暖时清廷犹踌躇而无向我请降之意，则进而坚决实行前此之甲案，以水陆连胜之余勇，陷山海关，进迫天津、北京"（《机密日清战争·伊藤总理大臣提出应进攻威海卫并攻略台湾之方略》，《中日战争》续编第七册）。此议也得到了在前线指挥作战的征清第一军司令官、大将山县有朋的支持，他还具体阐述了攻击威海卫得手后，对于实行第一作战方案有诸多便利："消灭敌之北洋舰队"；"解冻后应于直隶平原整顿陆军作战之各种准备，并使之容易实现"；"使陆军于盛京及直隶平原独立进行作战"；"将海军运用于中国东南沿海予敌以重大损伤"。最后还表示："臣虽不肖"，亦"当为此而抛身命，并欲陷敌国都"，以实现前文所说"尽全力陷敌之首都，使彼结城下之盟"的"第一策"（《机密日清战争·山县大将奏议二则》，同上书）。

先攻占奉天（即沈阳）、后夺取北京的战略步骤，并非只是日本高层人物才得与闻的军事机密，而实已深入灌输到每个士兵。征清第一军公开发布的"开诚忠告十八行省之豪杰"的告示中，便直白地宣布："我日本应天从人，大兵长驱，以问罪于北京朝廷。将（迫）清主面缚乞降，尽纳我要求，誓永不抗我而后休矣。"（《日军司令官晓谕、告示及文书·日本第一军告示》，同上书）也因此，当时流传的日本军歌《连战连胜》里，才会公然出现"追逐逃跑的敌兵，进入奉天城""追击遁逃的敌舰，冲向北京城"这类歌词（参见笔者《军歌》一文，刊《读书》2000年第6期）。

不消说，一个执行作战命令的日本军人（无论是少将、少尉还是士兵），与狱中的囚犯本没有可比性。但指出，诸如伊藤博文、山县有朋等不少明治政府的高官，均出自吉田松阴门下，应该不算是题外话。则"囚徒"的"狂言妄想"最终成为日本的"战略目标"，其间本不存在鸿沟，也绝非一句"这些言论后来被利用是事实"（见陈卫平《我们今天怎样研究日本》）便可撇清。

2001年2月12日于东京弥生寓所

（原刊《读书》2001年第6期）

后 记

无意中闯入近代文学领域,便被目不暇接、五光十色的材料迷住了。并非其中有多少艺术精品,恰恰相反,率意、粗糙之作比比皆是。真正吸引人的,是这种不纯不粹之中显示出的蓬勃旺盛的生命力。一切都是方生方死,将去将来。从文学社会学的角度观察,亦新亦旧、半新不旧的过渡时代文学或许比成熟期文学更有价值。集中文字即试图从此切入,而并不着力于作品本身的艺术评析。

之所以选择诗歌而不是散文或小说作为主要的品鉴对象,则是因为中国文学以诗歌的传统最悠久,中国也享有"诗国"的美誉。而在近代,以国粹而自豪的诗歌也已不能固守旧家法。"诗界革命"尽管艰难,但毕竟发生了。中国诗歌有了新生机。如上所说,生机便孕育在近代诗的稚嫩与夹生中。

由于集内涉及"诗界革命"的文章共有十篇,书名便取作《诗界十记》。两篇谈古代诗歌及诗社的短文,因与记近代的二文有关,可互相发明,故作为"附录"收入。另有一篇文字说的是近代人物日记,以之可见其时中国知识分子的心态,列为"余记",一并录入。

夏晓虹

一九八八年九月于北大畅春园

[补记]

《诗界十记》是我的第一部随笔集,1991年纳入"学术小品"第二辑中的一种,由浙江文艺出版社印行。当年,该社编辑李庆西兄的约稿的确非常大胆,因为他此前完全没有看过我写的此类文字。而受其激励,开启了我的另一副笔墨,让我至今心存感激。

与后来的散文随笔集多半是集合已经发表的各篇文字而成不同,《诗界十记》当初就是作为一本书写作的,因此,内容与风格比较一致。此次修订,仍然希望保持其完整性。不过,由于"学术小品"开本小巧,每册限于五、六万字,和本套丛书的其他各册篇幅相差太多。为此,又从已经打散的《晚清的魅力》中抽出四篇与日本有关的谈诗短文,合成"附编",题为"日本诗纪",自觉也还相宜。

仿照先前"附录"的方式，一篇与《日本汉诗中的甲午战争》相关的文字亦予收录，只是这回旨在回应批评，当然也仍有可以发明正文之意。

几经犹豫，还是在篇末补注了各文最初的发表处，想要为自己的学术之旅留下记录。

2018年9月6日于京西圆明园花园